Françoise Bernard

RECETTES DE TRADITION

•MARABOUT•

© Hachette Livre (Hachette Pratique), 2001.

Toute reproduction d'un extrait quelconque de ce livre par quelque procédé que ce soit, et notamment par photocopie ou microfilm, est interdite sans autorisation écrite de l'éditeur.

« L'IMPORTANT EST QUE CE SOIT BON ! »

Combien, tous, nous en avons vu, des livres de recettes de Françoise Bernard : des bibles de plus de 800 pages aux tout petits qui accompagnaient les autocuiseurs Seb ! Ils sont présents dans toutes les cuisines, et généralement dans tous les états : coins écornés, pages tachées et reliure rongée par des années d'utilisation quotidienne.

Françoise Bernard, cette grande dame de la cuisine, a été un trait d'union miraculeux entre la cuisine traditionnelle de nos grand-mères et la cuisine contemporaine, plus simple mais tout aussi savoureuse.

Dans les années 60, alors que la technologie métamorphosait la façon de cuisiner et que le rythme de vie s'accélérait, elle a aidé les femmes à négocier le virage. Grâce à elle, nos mères ont changé d'époque sans cesser de nous régaler.

Les courants qui traversent la tradition culinaire française – cuisine régionale, bourgeoise, cuisine de bistrot, haute cuisine traditionnelle, nouvelle cuisine, cuisine de chef… – communiquent volontiers entre eux, mais certains, parmi les plus récents, volent à des hauteurs inaccessibles et tiennent à leur « pedigree ». Or Françoise Bernard a toujours été et restera, pour notre plus grand bonheur, la moins intimidante de nos références culinaires. Pour elle, la présentation des mets compte, bien sûr, mais l'important est que ce soit bon. Loin d'elle l'excès de raffinement et de complexité, les grandes théories. Elle n'oublie jamais que la cuisine est une question de plaisir de tous les sens et non d'un seul. Depuis des décennies, elle nous aide à garder les pieds sur terre pour régaler nos proches et nos amis.

Ses recettes appartiennent à une catégorie précieuse : celles que l'on se passe de mère en fille. Aujourd'hui, ce mode de transmission a perdu de sa puissance, car la vie est plus rapide, moins structurée autour du lien des générations. On ne peut plus toujours compter sur maman pour nous tirer d'affaire aux fourneaux. C'est pourquoi Françoise Bernard est irremplaçable : sa cuisine se substitue à la tradition orale perdue. Chacun, en la pratiquant, retrouve des secrets et un savoir-faire populaires que pourrait menacer l'omniprésence médiatique de la cuisine de chef – savoureuse certes, mais pas toujours facile à réaliser chez soi. Françoise Bernard partage notre volonté d'éditeur : elle n'a jamais cherché à éblouir, mais à instruire : dans ses livres comme dans ses recettes télévisées, le souci de l'enseignement ne l'a jamais quittée. Bien des femmes qui n'avaient jamais touché une casserole de leur vie lui doivent d'avoir perdu leurs complexes.

À la manière d'un plat réussi, l'art de Françoise Bernard est fait d'équilibre et de dosage : tradition et modernité, cuisine française et saveurs étrangères – voire épicées –, coup de main féminin et technologie nouvelle : elle restera dans l'histoire de la cuisine pour avoir su adapter les gestes de la ménagère et les ingrédients du marché à l'autocuiseur et au four à micro-ondes. Son esprit vif et alerte a toujours saisi au vol ce qu'il y a de précieux dans l'innovation, et sa parfaite connaissance des bases l'a aidée à adapter celles-ci aux exigences du temps qui passe.

Aujourd'hui, bon pied bon œil, à l'affût des tendances nouvelles, Françoise Bernard est reconnue par les plus grands.

LES ENTRÉES

ENTRÉES

Asperges milanaise

Très facile - Cher - Préparation et cuisson : 40 min

Pour 4 personnes :
- *1 kg d'asperges,*
- *30 g de beurre,*
- *50 g de parmesan,*
- *sel, poivre.*

- Pelez les asperges avec un couteau économe. Lavez-les. Faites-les cuire de 12 à 15 min à l'eau bouillante salée. Égouttez-les parfaitement, aussitôt cuites.
- Disposez-les côte à côte, encore très chaudes, dans un plat supportant le four. Saupoudrez-les de parmesan, depuis la pointe jusqu'à mi-hauteur. Arrosez-les de beurre fondu. Mettez à four chaud (th. 6/7) quelques minutes pour gratiner.

Solution express : *Les asperges en conserve peuvent très bien être accommodées de cette façon. C'est un gain de temps et un bon résultat assurés.*

LE SECRET…
DES ASPERGES TENDRES

Elles sont pelées soigneusement (presque comme une pomme de terre) et non simplement grattées. Avec un couteau économe, pelez-les à plat pour ne pas les briser, depuis la base de la pointe jusqu'à l'autre extrémité. Puis cassez près de la queue (l'asperge se brise net à l'endroit où elle cesse d'être tendre).

Aubergines farcies

Facile - Raisonnable - Préparation et cuisson : 50 min

Pour 4 personnes :
- *4 aubergines,*
- *huile de friture,*
- *60 g de beurre,*
- *200 g de jambon cru ou cuit,*
- *250 g de poivrons,*
- *500 g de tomates,*
- *1 gousse d'ail,*
- *sel, poivre.*

- Essuyez les aubergines avec soin. Ôtez la queue. Coupez-les en deux dans la longueur. Puis, à l'aide d'un couteau pointu, entaillez profondément la chair sans percer la peau, à 1/2 cm du bord, tout autour de l'aubergine. Incisez le dessus jusqu'au fond. Plongez les demi-aubergines dans un bain de friture chaude, 2 min, pour ramollir la chair. Égouttez-les.
- Avec une petite cuiller, détachez la chair sans percer la peau.
- Faites revenir dans une casserole avec un peu de beurre le jambon coupé en petits dés, les poivrons et les tomates épépinés, pelés et coupés en petits morceaux, la gousse d'ail. Mélangez le tout. Laissez cuire 10 min sur feu moyen.
- Incorporez la chair des aubergines hachée grossièrement au couteau. Salez, poivrez. Laissez cuire 5 min. Remplissez les coques de peau avec cette farce. Déposez-les dans un plat à feu beurré. Parsemez de noisettes de beurre et faites cuire 20 min à four chaud (th. 6/7).

ENTRÉES

Beignets de courgette

Difficile - Raisonnable - Préparation et cuisson : 30 min - Repos de la pâte : 1 h

Pour 4 personnes :
- *4 courgettes (750 g environ),*
- *3 cuil. à soupe de farine,*
- *huile de friture,*
- *sel, poivre.*

Pour la pâte à beignets :
- *150 g de farine,*
- *1 œuf entier + 2 blancs,*
- *1 cuil. à soupe d'huile,*
- *3/4 de verre de bière ou d'eau,*
- *1 cuil. à café de sel.*

Remarques : *Pour cette recette, il n'est pas nécessaire de monter en neige les blancs de la pâte à beignets.*
Farinez les rondelles de courgette avant de les plonger dans la pâte à frire, pour mieux la faire adhérer.
Veillez à ne pas mettre trop de courgettes dans le bain de friture ; elles doivent y frire à l'aise.

- **Pâte à beignets :** dans un saladier, mélangez la farine, l'œuf entier, les blancs d'œufs, l'huile et le sel, avec une cuiller en bois. Ajoutez-y, peu à peu, la bière ou l'eau. La pâte obtenue doit être plus épaisse qu'une pâte à crêpes. Laissez reposer 1 h si possible.
- Épluchez les courgettes. Coupez-les en rondelles d'environ 1/2 cm d'épaisseur. Salez, poivrez, farinez-les légèrement, enrobez-les de pâte et plongez-les

dans la friture bien chaude mais non fumante. Laissez-les cuire environ 5 min. Lorsqu'elles sont blondes et remontent à la surface, égouttez-les. Servez très chaud.

ENTRÉES

Cocktail de crevettes aux kiwis

Très facile - Raisonnable - Préparation : 20 min - Macération : 20 min

Pour 4 personnes :
- 200 g de crevettes décortiquées,
- 1 cuil. à café de rhum,
- 2 cuil. à soupe de mayonnaise,
- 1 cuil. à soupe de crème fraîche,
- ciboulette,
- 2 pincées de piment de Cayenne ou 1/2 cuil. à café de purée de piment ou quelques gouttes de tabasco,
- quelques feuilles de laitue,
- 2 kiwis,
- 1/2 citron.

Pour servir :
- 4 verres ou coupelles.

- Laissez macérer les crevettes avec le rhum 20 min environ.
- Mélangez la mayonnaise (fraîche ou en tube) avec la crème fraîche, la ciboulette finement coupée, le piment de Cayenne ou la purée de piment ou le tabasco. Incorporez-y délicatement les crevettes.
- Lavez et séchez 5 ou 6 feuilles de salade. Roulez-les sur elles-mêmes et, sur une planche, tranchez-les en fines lanières à l'aide d'un grand couteau.
- Dans 4 verres, disposez par couches la laitue, les crevettes-mayonnaise et la laitue.

- Pelez la fine peau des kiwis. Tranchez-les en minces rondelles. Disposez-les, en couronne, à la surface des cocktails. Aspergez de citron et mettez dans le réfrigérateur jusqu'au moment de servir.

Variante : *Vous pouvez enrichir ce cocktail d'un avocat coupé en petits dés ou en billes. Arrosez-les aussitôt de citron et poivrez-les avant de les mélanger à la salade.*

ENTRÉES

Coques d'avocat

Très facile - Raisonnable - Préparation et cuisson : 20 min

Pour 4 personnes :
- 2 avocats,
- 2 belles tomates,
- 1 cuil. à café de câpres,
- 1 cuil. à soupe de fromage blanc,
- 1 oignon,
- 1 citron,
- 3 cuil. à soupe d'huile,
- sel, poivre.

- Coupez les avocats en deux. Videz-les soigneusement sans abîmer la peau. Frottez l'intérieur de ces « coques » vides avec du citron pour éviter qu'elles ne noircissent. Mettez-les au réfrigérateur. Épluchez les tomates et videz-les de leurs pépins. Coupez la chair en petits dés ainsi que celle des avocats.
- Mélangez intimement avec l'oignon haché, les câpres, le fromage blanc, le jus de citron, sel, poivre et l'huile. Mettez au froid.
- Au moment du repas, disposez cette salade dans les « coques » d'avocat.

Le secret...
de l'avocat qui ne noircit pas

Coupez-le à la dernière minute avec un couteau en acier inoxydable et, si possible, aspergez-le de citron au fur et à mesure.

ENTRÉES

Coquilles Saint-Jacques à la provençale

Très facile - Cher - Préparation et cuisson : 30 min

Pour 4 personnes :
- *12 coquilles Saint-Jacques,*
- *30 g de farine (1 cuil. à soupe très pleine),*
- *50 g de beurre,*
- *4 échalotes,*
- *2 gousses d'ail,*
- *persil,*
- *sel, poivre.*

Remarques : *Les coquilles Saint-Jacques sont avantageuses pendant certaines périodes, au début du printemps par exemple. Pour ouvrir les coquilles, il suffit d'introduire la lame du couteau entre les deux valves, comme pour les huîtres. Si vous craignez de vous couper, mettez les coquilles sur la plaque creuse du four et glissez-les dans le four chaud. Elles s'ouvriront d'elles-mêmes au bout de 1 ou 2 min. Vous pouvez aussi les faire ouvrir par le poissonnier. Quand les coquilles sont farinées, secouez-les un peu pour faire tomber l'excès de farine.*

- Détachez les chairs des coquilles. Jetez les barbes. Ne conservez que les rondelles de chair blanche et le corail. Lavez-les à grande eau. Essuyez-les avec soin. Salez, poivrez et farinez-les légèrement.
- Dans une poêle contenant 50 g de beurre chaud, faites dorer vivement les chairs des deux côtés, puis laissez cuire sur feu moyen 10 min.
- Hachez les échalotes et les gousses d'ail. Ajoutez-les

dans la poêle. Couvrez et laissez cuire 5 min supplémentaires. Parsemez de persil haché avant de servir très chaud.

Mon avis

Je laisse tremper les chairs des coquilles Saint-Jacques quelques heures dans de l'eau fraîche, et les garde au réfrigérateur autant que possible. Elles gonflent un peu et « rendent » mieux à la cuisson. C'est un truc de chef cuisinier. Si les chairs sont très épaisses, je les coupe en deux dans l'épaisseur.

ENTRÉES

Croustade de volaille

Facile - Raisonnable - Préparation et cuisson : 1 h

Pour 4 ou 6 personnes :
Pour la pâte au gruyère :
- *175 g de farine,*
- *80 g de beurre,*
- *75 g de gruyère râpé,*
- *1 jaune d'œuf,*
- *sel, piment de Cayenne.*

Pour la mayonnaise :
- *1 jaune d'œuf,*
- *1/4 de litre d'huile,*
- *1 cuil. à café de moutarde,*
- *1 cuil. à café de vinaigre,*
- *sel, poivre.*

Pour la garniture :
- *reste de volaille,*
- *ketchup,*
- *laitue,*
- *1 tomate,*
- *cornichons,*
- *concombre, radis.*

Remarques : *Cette recette peut être entièrement préparée la veille, à condition de ne réunir croustade et garniture qu'au moment du repas. Sinon, la pâte se ramollirait et perdrait ce côté croustillant qui fait tout son charme.*
Plus simplement, vous pouvez utiliser une pâte toute préparée, surgelée ou vendue étalée et roulée.

- **Pâte :** mélangez 175 g de farine, 1 cuillerée à café rase de sel, 2 ou 3 pincées de piment de Cayenne, le beurre et le gruyère râpé. Battez le jaune d'œuf avec 2

ou 3 cuillerées à soupe d'eau froide et incorporez-le au mélange. Malaxez pour obtenir une pâte assez ferme, mais travaillez rapidement pour ne pas la laisser durcir. Étalez la pâte au rouleau pas trop finement. Déposez-la dans une tourtière. Piquez le fond. Posez dessus une large rondelle de papier d'aluminium. Roulez les bords contre les parois du moule pour maintenir la pâte. Faites cuire à four bien chaud (th. 7/8) 20 min environ. Ôtez la feuille d'aluminium pour laisser dorer la surface 5 min avant la fin de la cuisson. Au sortir du four, laissez refroidir complètement sur une grille.
- Préparez la mayonnaise avec les ingrédients indiqués. Vous pouvez également utiliser de la mayonnaise en tube. Mélangez-la ensuite avec 2 ou 3 cuillerées à café de ketchup et le reste de volaille. Étalez sur la croustade tapissée de feuilles de laitue. Décorez avec des rondelles de tomate, des cornichons, morceaux de concombre et radis roses.

ENTRÉES

Harengs et pommes de terre tièdes

*Très facile - Bon marché -
Préparation et cuisson : 40 min - Macération : 12 h*

Pour 4 personnes :
- *1 paquet de filets de hareng fumés,*
- *1 verre d'huile environ,*
- *thym, laurier,*
- *1 oignon,*
- *1 carotte,*
- *500 g de pommes de terre*
- *persil.*

Pour la vinaigrette :
- *3 cuil. à soupe d'huile,*
- *1 cuil. à soupe de vinaigre,*
- *sel, poivre.*

Remarque : *La vinaigrette incorporée doit être assez relevée. Renforcez-la au besoin avec un peu de moutarde forte.*

- La veille, mettez les filets de hareng dans un plat avec 1 verre d'huile, du thym, du laurier, 1 oignon et 1 carotte coupés en rondelles. Laissez-les macérer toute la nuit, en les retournant de temps en temps.
- Le lendemain, 30 min avant le repas, faites bouillir 25 min les pommes de terre avec leur peau. Épluchez-les. Coupez-les en rondelles.
- Dans un saladier, mélangez tous les éléments de la vinaigrette. Ajoutez-y les pommes de terre tièdes et le persil haché. Présentez les filets de hareng à part.

MON AVIS

Les filets de hareng sont parfois très salés. Vous pouvez les mettre à tremper quelques heures dans de l'eau ou dans du lait avant de les faire mariner dans l'huile. Pour gagner du temps, vous pouvez également acheter des filets de hareng tout préparés, vendus sous emballage plastique et sous vide. Ils sont tout à fait convenables.

ENTRÉES

Homard à l'américaine

Facile - Cher - Préparation et cuisson : 1 h 15

Pour 4 personnes :
- *1 homard de 1 kg 500,*
- *3 ou 4 tomates,*
- *5 cuil. à soupe d'huile,*
- *1 carotte,*
- *1 verre à liqueur de cognac,*
- *1 cuil. à soupe pleine de farine,*
- *1 cuil. à soupe de concentré de tomates,*
- *1 échalote,*
- *1 verre 1/2 de vin blanc sec,*
- *25 g de beurre,*
- *bouquet garni avec estragon,*
- *fines herbes,*
- *2 ou 3 pincées de piment de Cayenne,*
- *sel, poivre.*

Remarque : *Les queues de langouste surgelées conviennent pour cette recette. Elles se préparent de la même façon que le homard frais. Comptez un peu moins de 1 kg pour 4 personnes puisqu'il n'y a presque pas de déchets. Vous pouvez « étourdir » la bête avant de la couper. Plongez-la 1 min dans une bassine d'eau bouillante ou placez-la sous le robinet d'eau chaude. Pour faire flamber le cognac, approchez une allumette de l'alcool en ébullition dans la poêle.*

- Maintenez le homard vivant sur une planche à découper. Détachez les pinces. Tranchez-lui la tête (coffre) et découpez la queue en 5 ou 6 tronçons. Salez et poivrez. Fendez la tête en deux dans la longueur. Retirez-en la matière molle et la partie verdâtre (corail) et mettez-les à part, elles serviront à lier la sauce. Jetez la poche qui contient du sable. Brisez les pinces d'un coup sec, avec un marteau. Épluchez et coupez les tomates en morceaux.

- Faites chauffer 4 cuillerées à soupe d'huile dans une grande poêle. Jetez dedans les morceaux de homard, y compris les pinces. Ils rougissent rapidement sur feu vif. Retirez du feu aussitôt.

- Coupez finement la carotte et l'échalote. Faites-les sauter dans une cocotte avec 1 cuillerée à soupe d'huile. Ajoutez-y le homard et le cognac. Faites flamber sur le feu. Mettez alors les tomates fraîches et le concentré, 1 verre 1/2 de vin blanc, autant d'eau, le bouquet garni, le piment de Cayenne, sel, poivre. Laissez bouillir, sur feu vif, de 20 à 30 min.

- Égouttez les morceaux de homard dans un plat. Tenez-les au chaud. Passez la sauce et remettez-la sur feu vif quelques instants pour la faire diminuer d'un bon tiers. Incorporez-y ensuite 1 grosse noix de beurre malaxée avec 1 cuillerée à soupe de farine.

- Hors du feu, ajoutez la matière crémeuse et le corail verdâtre du homard. Versez sur les morceaux. Parsemez de fines herbes hachées (estragon si possible) et servez bien chaud. L'accompagnement traditionnel est du riz.

Variante : *La langouste et même les langoustines peuvent se préparer à l'américaine, selon le même principe.*

LE SECRET…
DES PINCES DE HOMARD GRILLÉES NON DESSÉCHÉES

Elles sont entourées de papier d'aluminium à mi-cuisson, car elles cuisent plus rapidement.

ENTRÉES

Langoustines au naturel

Très facile - Raisonnable - Préparation et cuisson : 25 min

Pour 4 personnes :
- *1 kg 500 de langoustines,*
- *bouquet garni (persil, thym, laurier),*
- *sel, poivre.*

Remarques : *Les langoustines que vous trouvez chez les poissonniers ne sont pas cuites, même si elles sont roses. Vous devez les faire cuire au court-bouillon, avant de les présenter à table. Si vous avez le temps, laissez cuire le court-bouillon 30 min pour le corser. Plongez-y les langoustines ensuite. Elles auront plus de saveur.*

- Dans une marmite, faites bouillir de l'eau avec le bouquet garni, sel et poivre.
- Lavez rapidement les langoustines. Plongez-les dans l'eau en ébullition et laissez-les bouillir de 2 à 4 min selon leur grosseur. Égouttez les langoustines aussitôt cuites. Présentez-les telles quelles sur la table, avec des casse-noix.

MON AVIS

Du pain et du beurre sont l'accompagnement le plus simple des langoustines au naturel. Les sauces mayonnaise ou tartare, servies à part, en saucière, en font un plat plus prestigieux, digne d'une réception intime... parce qu'on mange les langoustines avec les doigts.

Lasagnes « al forno »

*Facile - Raisonnable -
Préparation et cuisson : 45 min*

Pour 4 ou 6 personnes :
- *200 g de lasagnes,*
- *100 g de parmesan ou gruyère (ou moitié/moitié).*

Pour la sauce à la viande :
- *200 g de steak haché,*
- *30 g de beurre,*
- *1 tranche de lard de poitrine (50 g),*
- *1 carotte,*
- *1 oignon,*
- *1 branche de céleri,*
- *persil,*
- *100 g de champignons,*
- *1 cuil. à café de concentré de tomates,*
- *1 tablette de bouillon de poulet,*
- *sel, poivre.*

Pour la béchamel :
- *60 g de beurre,*
- *2 cuil. à soupe bombées de farine,*
- *3/4 de litre de lait,*
- *1 pincée de muscade,*
- *sel, poivre.*

- **Sauce à la viande :** faites rissoler la viande hachée avec 30 g de beurre, le lard coupé menu, la carotte, l'oignon, le céleri et le persil hachés. Quand tout est bien doré, ajoutez les champignons coupés, le concentré de tomates, 1 bol d'eau, 1 tablette de bouillon de poulet. Laissez mijoter doucement 20 min.

- **Béchamel :** délayez, sur feu doux, le beurre et la farine jusqu'à ce que le mélange soit mousseux. Versez-y le lait froid d'un seul coup, ajoutez sel, poivre, muscade. Mélangez jusqu'à épaississement. Laissez mijoter 5 min.
- Faites cuire les lasagnes. Laissez-les ensuite égoutter côte à côte sur un linge. Puis, dans un plat à four profond, disposez-les par couches, en alternant lasagnes, sauce à la viande, béchamel, fromage râpé et ainsi de suite. Terminez par de la béchamel et du fromage. Faites gratiner à four très chaud 15 min environ.

Moules marinière

*Très facile - Bon marché -
Préparation et cuisson : 45 min*

Pour 4 personnes :
- *4 litres de moules,*
- *15 g de beurre,*
- *1 verre de vin blanc sec (facultatif),*
- *2 échalotes,*
- *persil,*
- *poivre.*

- Grattez bien les moules et lavez-les. Mettez-les dans une cocotte avec une noix de beurre, les échalotes hachées, le vin blanc (facultatif). Faites-les ouvrir dans la cocotte couverte, sur feu vif. Mélangez deux ou trois fois pendant la cuisson.
- Dès que les moules sont ouvertes, retirez-les de la cocotte. Conservez le jus de cuisson. Déposez-les dans un plat creux, au chaud.
- Passez le jus de cuisson des moules à travers une passoire fine garnie d'un papier absorbant. Remettez-le sur le feu. Laissez bouillir un instant. Poivrez. Versez sur les moules. Saupoudrez de persil haché et servez.

Raffinement : *Mélangez un peu de crème fraîche épaisse à la sauce, sur le feu, à la dernière minute.*

Œufs à la niçoise

Très facile - Bon marché - Préparation : 15 min

Pour 6 personnes :
- 6 œufs
- 1 cuil. à soupe de moutarde forte,
- 1 cuil. à soupe de crème d'anchois,
- 50 g de beurre,
- 10 olives,
- 24 filets d'anchois,
- persil,
- salade,
- tomates,
- crudités variées,
- sel, poivre.

- Faites durcir les œufs 10 min environ à l'eau bouillante. Écalez-les. Coupez-les en deux.
- Hachez finement les olives et le persil. Mélangez avec les jaunes d'œufs durs, la crème d'anchois, le beurre, la moutarde, sel et poivre.
- Emplissez les demi-blancs d'œufs pour obtenir une forme bombée. Déposez sur chacun 2 filets d'anchois en croix. Présentez sur des feuilles de salade, avec des quartiers de tomate et des crudités diverses.

ENTRÉES

Pamplemousse au crabe

*Très facile - Raisonnable -
Préparation et cuisson : 30 min*

Pour 4 personnes :
- *2 gros pamplemousses,*
- *50 g de riz,*
- *1 boîte de crabe,*
- *16 olives vertes ou noires,*
- *sel, poivre.*

Pour la mayonnaise :
- *1 jaune d'œuf,*
- *1 petit bol d'huile,*
- *1 cuil. à café de moutarde forte,*
- *1 cuil. à café de vinaigre,*
- *1 pincée de piment de Cayenne (facultatif),*
- *sel, poivre.*

- Faites cuire le riz de 15 à 18 min dans beaucoup d'eau salée. Aussitôt cuit, passez-le sous l'eau froide pour le refroidir complètement et égouttez.
- Préparez la mayonnaise avec les ingrédients indiqués.
- Coupez les pamplemousses en deux. Détachez la pulpe de l'écorce sans abîmer celle-ci car vous l'utiliserez. Séparez les quartiers de pamplemousse, en ôtant la fine peau. Mélangez le crabe, les morceaux de pamplemousse, le riz, quelques olives hachées, la mayonnaise. Au moment de servir, emplissez les demi-écorces avec cette salade. Déposez 1 olive au centre de chacune.

Organisation : *Vous pouvez préparer tous les éléments d'avance à condition de les conserver séparément au réfrigérateur. Au dernier moment seulement vous ferez le mélange et garnirez les écorces de pamplemousse.*

Solution express : *2 tubes de mayonnaise toute préparée vous épargneront la préparation – aventureuse parfois – d'une mayonnaise.*

Pâté de campagne

*Facile - Raisonnable -
Préparation et cuisson : 1 h 50 - Repos : 24 h*

Pour 4 personnes :
- *800 g d'échine de porc désossée,*
- *150 g de foie de porc,*
- *150 g de lard gras,*
- *1 verre à liqueur de cognac,*
- *1 œuf,*
- *2 pincées de quatre-épices,*
- *4 brins de thym,*
- *2 bardes de lard (aux dimensions de la terrine),*
- *sel, poivre.*

Remarques : *Le « quatre-épices » se trouve tout préparé dans le commerce. Il contient plus de quatre épices puisque poivre blanc, piment, macis, muscade, girofle, cannelle, laurier, sauge, marjolaine, romarin peuvent entrer dans sa composition, le tout étant pilé, broyé, puis passé au tamis fin. Conservez-le dans un flacon bien bouché.*
Demandez éventuellement au charcutier de hacher viande et foie avec sa machine.
Posez directement sur le pâté encore chaud un couvercle de boîte, plus petit que la terrine. Déposez quelque chose de pesant dessus pour tasser et laissez jusqu'à ce que le pâté soit complètement refroidi.

- Hachez l'échine, le foie et le lard. Incorporez-y, en pétrissant à la main, le quatre-épices, sel, poivre, l'œuf entier, le cognac. Préchauffez le four.
- Déposez une barde de lard au fond d'une terrine. Tassez-y le hachis. Remettez une barde sur le dessus,

Salade de lentilles à ma façon

Salade de coquillettes • Page 36

Salade de riz aux fruits de mer • Page 42

Morue à l'occitane • Page 96

avec du thym. Couvrez. Faites cuire au bain-marie et à four chaud (th. 6/7), 1 h 15 environ. Retirez le couvercle et laissez cuire de nouveau 15 min.
- 30 min après l'avoir sorti du four, posez un poids sur le pâté encore chaud pour le tasser et faire remonter une partie de la graisse à la surface.

Mon avis

Ne mettez pas un poids trop lourd pour presser le pâté. J'ai remarqué que, sous l'effet d'une pression trop forte, toute la graisse remonte à la surface alors qu'elle devrait s'infiltrer dans tout l'intérieur, le « persiller », afin que le pâté reste moelleux.

ENTRÉES

Quiche lorraine

Facile - Raisonnable - Préparation et cuisson : 1 h

Pour 4 personnes :

Pour la pâte brisée :
- *150 g de farine,*
- *75 g de beurre,*
- *1/2 cuil. à café de sel.*

Pour la garniture :
- *150 g de lard (ou jambon),*
- *2 verres de lait ou crème fraîche,*
- *3 œufs,*
- *sel, poivre.*

Remarques : *On peut remplacer le lard par du jambon fumé ou du jambon blanc. Seul le lard doit être mis à l'eau bouillante.*
Vous pouvez préparer la quiche quelques heures à l'avance et la manger froide (en pique-nique) ou réchauffée. Dans ce dernier cas, ne vous attendez pas à ce qu'elle retrouve son bel aspect gonflé tel qu'au sortir du four.

- **Pâte brisée :** Mélangez la farine, le sel et le beurre coupé en morceaux en pressant et frottant les paumes des mains l'une contre l'autre. Ajoutez 1/2 verre d'eau à cette pâte granuleuse. Pétrissez-la vivement. Mettez-la en boule. Écrasez-la avec la paume de la main. Remettez en boule. Répétez cela trois fois. Étendez la pâte au rouleau sur environ 3 mm d'épais-

seur. Garnissez-en une tourtière de 18 à 20 cm de diamètre. Piquez le fond.
- Préchauffez le four. Coupez le lard en dés. Plongez-les dans de l'eau en train de bouillir. Dès que l'eau est revenue à ébullition, égouttez les lardons. Mettez-les dans la tourtière garnie de pâte.
- Dans une terrine, battez ensemble les œufs, le lait ou la crème, sel et poivre. Versez sur les lardons. Faites cuire à four chaud (th. 6/7), puis plus modéré (th. 5/6), 30 min environ. Servez chaud.

Mon avis

Vous pouvez utiliser une pâte brisée toute préparée, fraîche ou surgelée. Mes amies lorraines ne font leur quiche qu'avec de la crème fraîche. Par mesure d'économie, elles mélangent parfois du lait à la crème. Faites-vous une opinion vous-même en essayant la recette avec ou sans crème. Moi, je suis pour...

Salade de coquillettes

*Très facile - Bon marché -
Préparation et cuisson : 10 min*

Pour 4 personnes :
- 1 bol de coquillettes cuites,
- 2 œufs,
- 50 g d'olives vertes,
- 2 cornichons,
- 4 tomates,
- 45 g (1 petite boîte) de filets d'anchois à l'huile.

Pour la vinaigrette :
- 3 cuil. à soupe d'huile,
- 1 bonne cuil. à café de moutarde forte,
- 1 cuil. à soupe de vinaigre,
- fines herbes ou persil,
- sel, poivre.

Remarque : *Si vous faites cuire des pâtes spécialement pour cette recette, préparez-en 100 g environ. Passez-les sous l'eau froide aussitôt cuites pour qu'elles ne collent pas les unes aux autres.*

- Faites durcir les œufs 10 min environ dans de l'eau en ébullition. Écalez-les. Coupez-les en rondelles, ainsi que les cornichons. Dénoyautez les olives.
- Dans un saladier, délayez tous les éléments de la vinaigrette. Ajoutez-y les coquillettes, les tomates coupées en quartiers, les rondelles d'œufs durs et de cornichons, les olives, les fines herbes hachées. Décorez avec les filets d'anchois disposés en croisillons.

ENTRÉES

Salade de lentilles à ma façon

---

*Très facile - Bon marché -
Préparation et cuisson : 45 min*

Pour 4 ou 6 personnes :
- *400 g de lentilles,*
- *2 clous de girofle,*
- *1 gousse d'ail non pelée,*
- *1 petite carotte,*
- *bouquet garni (avec branchette de céleri),*
- *1 oignon,*
- *1 petit piment (facultatif),*
- *1 cuil. à soupe de persil haché,*
- *1 petite échalote hachée,*
- *sel, poivre.*

Pour la vinaigrette :
- *4 ou 5 cuil. à soupe d'huile,*
- *1 cuil. à soupe de vinaigre,*
- *sel, poivre,*
- *1 cuil. à café de moutarde forte.*

- Lavez les lentilles. Mettez-les dans une grande casserole avec beaucoup d'eau froide. Faites bouillir 5 min. Égouttez. Remettez dans la casserole avec de l'eau bouillante, 1 oignon piqué de 2 clous de girofle, la gousse d'ail, la carotte coupée en quatre, le bouquet garni, poivre et piment (facultatif). Laissez bouillir doucement de 20 à 30 min selon la qualité des lentilles. Ne les salez qu'en fin de cuisson pour ne pas les durcir. Égouttez-les dès qu'elles sont suffisamment tendres. Ôtez les aromates de cuisson.
- **Vinaigrette :** dans un saladier, délayez tous les élé-

ments de la vinaigrette. Mélangez-y les lentilles encore chaudes. Parsemez abondamment de persil et d'échalote hachés. Servez tiède ou froid.

Variante : *Vous pouvez fort bien servir cette salade en été. Ajoutez-y alors des légumes frais de saison : poivrons, tomates, rondelles de radis, céleri-branche, concombre et fines herbes pour lui donner une allure estivale.*

Le secret...
d'une salade de lentilles savoureuse

C'est l'assaisonnement : une bonne huile, généreusement versée sur les lentilles encore chaudes, et, pour relever le tout, vinaigre, moutarde et les herbes et aromates que vous permet la saison.

Salade de pleurotes et de gésiers confits

Très facile - Cher - Préparation et cuisson : 20 min

Pour 4 personnes :
- *3 ou 4 gésiers confits (en boîte),*
- *300 à 400 g de pleurotes fraîches,*
- *100 g de salade (mesclun, salade mélangée ou frisée),*
- *1 petite échalote,*
- *2 cuil. à soupe de graisse d'oie (de la boîte),*
- *vinaigrette,*
- *sel, poivre.*

Pour servir :
- *4 grandes assiettes plates.*

Organisation *: À l'avance, ouvrez la boîte. Coupez les gésiers. Disposez la salade dans les assiettes. N'assaisonnez pas. Nettoyez les pleurotes. Hachez l'échalote. Tenez le tout au frais. Juste avant de passer à table, la cuisson et la préparation finale se feront en 5 min.*

- Extrayez les gésiers de la boîte en les débarrassant de la graisse d'oie qui les entoure. Coupez-les en lamelles.
- Lavez rapidement les pleurotes à grande eau. Pressez-les dans un linge pour en extraire le plus d'eau possible. Coupez-les sur une planche si elles sont un peu grosses. Hachez l'échalote.
- Nettoyez la salade. Disposez les feuilles à plat dans 4 grandes assiettes plates. Aspergez de vinaigrette.
- Dans une large poêle, mettez 2 cuillerées à soupe de

graisse d'oie. Quand elle est très chaude, jetez-y les pleurotes. Faites rissoler sur feu très vif. Ajoutez sel, poivre et échalote en cours de cuisson. Versez les pleurotes, toutes chaudes, sur la salade en les répartissant équitablement.

- Remettez la poêle sur feu moyen. Étalez-y les lamelles de gésier. Poivrez. Secouez sur le feu, juste pour les tiédir. Versez-les dans les assiettes. Présentez aussitôt à table.

Remarque

Si vous choisissez des pleurotes très saines, de couleur blanchâtre tirant sur le beige, avec une légère et agréable odeur de farine, sèches au toucher mais non desséchées sur les bords, il n'y a pas lieu de les laver. Une fois cuites, elles auront meilleure saveur que des pleurotes lavées qui resteront gorgées d'eau, même bien essorées.

Toutefois, si les pleurotes sont terreuses et qu'un lavage s'impose, il est indispensable de bien les essorer dans un torchon tout en le tordant légèrement. Ce n'est qu'ensuite que vous les jetterez dans la graisse d'oie brûlante.

Salade de pommes de terre alsacienne

*Très facile - Bon marché -
Préparation et cuisson : 45 min*

Pour 4 ou 6 personnes :
- *500 g de pommes de terre,*
- *500 g de choucroute crue,*
- *1 verre de vin blanc sec,*
- *2 saucisses de Francfort,*
- *sel.*

Pour la sauce vinaigrette :
- *6 ou 7 cuil. à soupe d'huile,*
- *3 cuil. à soupe de vinaigre,*
- *1 échalote,*
- *fines herbes hachées,*
- *2 cornichons en rondelles,*
- *1 cuil. à café de moutarde forte,*
- *sel, poivre.*

- Faites cuire les pommes de terre à l'eau salée, de 26 à 30 min.
- Pendant ce temps, lavez la choucroute à l'eau chaude. Laissez bouillir 2 ou 3 min. Égouttez-la et essorez-la bien dans un torchon.
- Préparez la vinaigrette.
- Pelez les pommes de terre et coupez-les, encore chaudes, en rondelles. Arrosez-les de vin blanc et de la moitié de la vinaigrette.
- Mélangez bien la choucroute avec le reste de la vinaigrette.
- Disposez la salade de pommes de terre et celle de choucroute dans le même plat. Parsemez de saucisses de Francfort coupées en rondelles.

ENTRÉES

Salade de riz aux fruits de mer

---

*Facile - Raisonnable -
Préparation et cuisson : 30 min*

Pour 4 personnes :
- *100 g de riz non traité (long ou basmati),*
- *1 litre de moules,*
- *1 oignon,*
- *50 g de crevettes décortiquées,*
- *fines herbes,*
- *2 tomates.*

Pour la vinaigrette :
- *5 cuil. à soupe d'huile,*
- *1/2 cuil. à soupe de vinaigre,*
- *sel, poivre.*

Remarque : *Cette salade peut devenir un plat-repas en été, pour le soir ; il suffit d'augmenter un peu les proportions de moules et de crevettes et d'ajouter, au besoin, des œufs durs. Plat tout indiqué pour un lunch.*

- Faites bouillir une grande quantité d'eau salée ; lavez le riz dans une passoire sous le jet du robinet, pour qu'il ne trempe pas. Jetez-le dans l'eau en ébullition. Laissez bouillir, sans couvrir, de 15 à 17 min. Passez-le aussitôt sous l'eau froide. Égouttez. Laissez refroidir.

- Grattez et lavez les moules. Mettez-les dans une cocotte, sur feu vif, avec l'oignon coupé finement. Mélangez. Retirez-les du feu aussitôt ouvertes. Décoquillez-les.

- Préparez la vinaigrette dans un saladier. Ajoutez-y le riz, les moules, les crevettes, les fines herbes hachées. Mélangez. Décorez avec les tomates coupées en quartiers. Servez assez frais.

Variante : Vous pouvez de la même façon préparer une salade avec des coques. Auquel cas, pensez à les faire tremper plusieurs heures dans de l'eau salée afin qu'elles libèrent leur sable.

Mon avis

Mélangez la vinaigrette avec un peu de mayonnaise (toute préparée) ; la salade sera mieux liée.

ENTRÉES

Salade niçoise

---

*Très facile - Raisonnable -
Préparation et cuisson : 15 min*

Pour 4 personnes :
- 2 pommes de terre cuites,
- 2 œufs,
- 1 petite boîte (250 g environ) ou un reste de haricots verts,
- 2 tomates,
- 1/2 concombre,
- 1 oignon blanc,
- 1 poivron,
- 1 petite boîte de thon à l'huile,
- 1 petite boîte (8 à 10 filets) de filets d'anchois,
- 10 olives.

Pour la vinaigrette :
- 3 cuil. à soupe d'huile d'olive,
- 1 cuil. à soupe de vinaigre,
- 1 cuil. à café de moutarde,
- sel, poivre.

Remarque : *Les proportions de la salade niçoise peuvent être plus ou moins riches, selon que vous la présentez en hors-d'œuvre ou, un jour d'été, en guise de plat-repas. Dans le cas de plat-repas, mettez 1 œuf par personne, une grosse boîte de thon et davantage de pommes de terre. Augmentez un peu la quantité de vinaigrette.*
Plat tout indiqué pour un lunch.

- Faites durcir les œufs 10 min dans de l'eau bouillante. Pendant ce temps, préparez la vinaigrette.
- Égouttez les haricots verts. Passez-les sous l'eau

froide dans une passoire. Coupez-les en morceaux réguliers.

- Écalez les œufs et coupez-les en quartiers. Pelez et coupez les tomates en quartiers, le concombre, les pommes de terre et l'oignon en rondelles. Épépinez le poivron et coupez-le en lanières.

- Versez dans un saladier le contenu de la boîte de thon avec son huile, les haricots verts, l'oignon, les pommes de terre et le concombre, le poivron, les tomates et les œufs, les filets d'anchois, les olives. Arrosez de vinaigrette.

Mon avis

Faites la « présentation du chef » : dans le saladier, disposez les pommes de terre en dôme, les haricots verts autour. Parsemez de quartiers de tomate et d'œufs, de morceaux de thon, de lanières de poivron, d'olives et d'anneaux d'oignon. Disposez les filets d'anchois en étoile. Arrosez de vinaigrette. Ne mélangez ce bel arrangement qu'au moment de servir.

ENTRÉES

Soufflé au fromage

---

*Difficile - Raisonnable -
Préparation et cuisson : 45 min*

Pour 4 personnes :
- 3 œufs,
- 75 g de gruyère râpé,
- 1 noix de beurre,
- sel.

Pour la béchamel :
- 30 g de farine,
- 30 g de beurre,
- 1/4 de litre de lait,
- sel, poivre.

Remarques : *Votre soufflé ne sera réussi que si les blancs en neige sont très fermes. Avant de les battre, ajoutez-y une pincée de sel : ils monteront mieux. Mais ne les brisez pas en les incorporant à la béchamel ; faites-le délicatement avec une cuiller et non un fouet. Pour que votre soufflé monte régulièrement, une précaution avant de l'enfourner : passez la lame d'un couteau entre le moule et l'appareil à soufflé. Mettez le soufflé au four quand vos invités arrivent, pas avant, son temps de cuisson de 25 ou 30 min étant exact. Rappelez-vous qu'« un soufflé n'attend pas, ce sont les convives qui attendent ». En ramequins individuels, les soufflés sont plus présentables et retombent beaucoup moins vite. La cuisson est un peu plus rapide.*

- **Sauce béchamel épaisse :** Faites fondre, sur feu doux, le beurre. Ajoutez-y la farine. Délayez sur le feu quelques secondes jusqu'à ce que le mélange soit

mousseux. Ajoutez-y d'un seul coup le lait froid. Salez et poivrez. Mélangez jusqu'à épaississement.
- Préchauffez le four. Beurrez un moule à soufflé. Cassez les œufs en séparant les jaunes des blancs. Ajoutez 1 pincée de sel à ces derniers. Battez-les en neige très ferme.
- Ajoutez à la béchamel, hors du feu, le gruyère râpé, les 3 jaunes d'œufs, puis, avec précaution, les blancs d'œufs battus. Versez dans le moule. Faites cuire à four moyen (th. 5/6) de 25 à 30 min.

Mon avis

Attention, ne vous réjouissez pas trop vite ! Votre soufflé n'est pas cuit parce qu'il est bien gonflé. Attendez encore. Laissez-le dans le four assez longtemps car un soufflé bien cuit en profondeur retombe moins rapidement. À votre troisième ou quatrième essai, la préparation d'un soufflé au fromage vous paraîtra bien facile.

ENTRÉES

Soupe de poisson provençale

---

*Facile - Cher -
Préparation et cuisson : 1 h 30*

Pour 4 personnes :
- *1 kg à 1 kg 200 de poissons de Méditerranée,*
- *4 cuil. à soupe d'huile,*
- *1 gros oignon,*
- *2 tomates,*
- *1 cuil. à soupe de concentré de tomates,*
- *1 brin de fenouil,*
- *1/2 feuille de laurier,*
- *1/2 g de safran,*
- *4 gousses d'ail,*
- *2 clous de girofle,*
- *3 cuil. à soupe de gros vermicelle,*
- *4 biscottes,*
- *sel, poivre.*

Pour servir :
- *gruyère ou parmesan râpé.*

Remarques : *Choisissez des poissons variés : rascasses, girelles, sarents, galinottes, congre, perches de mer et autres poissons de Méditerranée.*
À défaut, utilisez un assortiment de merlans, rougets et colinots. Vous pouvez aussi y ajouter quelques petits crabes.
Il vaut mieux utiliser les petites pousses vertes d'un bulbe de fenouil. À défaut, une lamelle de ce bulbe lui-même peut convenir.

- Videz et lavez les poissons. N'en ôtez pas la tête. Coupez-les en tronçons.
- Dans une casserole, faites blondir légèrement à l'huile l'oignon haché, puis les tomates coupées, avec

le fenouil, le laurier, les morceaux de poisson ainsi que les têtes. Laissez cuire 10 min sur feu moyen, en écrasant avec une cuiller en bois pour réduire les poissons en bouillie.

- Ajoutez-y 1 litre 1/2 d'eau, sel, poivre, safran, 3 gousses d'ail, le concentré de tomates, les clous de girofle. Faites bouillir 25 min. Frottez les biscottes avec la dernière gousse d'ail.

- Passez la soupe à travers une Moulinette à grille fine. Reportez à ébullition. Jetez-y le vermicelle (facultatif) et laissez cuire de 7 à 10 min. Servez avec le gruyère ou le parmesan râpé et les croûtons.

Mon avis

Quand je n'ai pas de fenouil, je le remplace par 1 cuillerée à soupe de pastis ou d'anisette.

ENTRÉES

Taboulé

*Très facile - Bon marché - Préparation : 10 min -
Réfrigération : 2 h au moins*

Pour 4 personnes :
- *150 g de semoule à couscous.*

Pour la sauce :
- *2 tomates bien mûres (300 g),*
- *1/2 concombre,*
- *1 oignon blanc,*
- *1 gros citron (jus),*
- *2 ou 3 cuil. à soupe d'huile,*
- *1 tasse de fines herbes (quelques feuilles de menthe fraîche, persil, ciboulette),*
- *1 cuil. à café rase de sel,*
- *poivre.*

- Mettez tous les éléments de la sauce dans le mixeur. Réduisez en fine purée.
- Mélangez la semoule avec une fourchette. Couvrez et laissez reposer au réfrigérateur 2 h ou, mieux, jusqu'au lendemain. Mélangez plusieurs fois à l'aide d'une fourchette au cours du temps de repos.
- Présentez le taboulé dans un saladier garni de feuilles de laitue.

Remarque : *Il est parfois conseillé de laisser gonfler 30 min la semoule couverte d'eau froide, puis de bien l'essorer dans un linge avant de l'accommoder. Le taboulé ainsi traité sera plus moelleux. C'est donc une question de goût qui vous fera adopter l'une ou l'autre de ces recettes.*

ENTRÉES

Terrine de lapin paysanne (avec os)

*Très facile - Bon marché -
Préparation et cuisson : 2 h 15 - Macération : 12 h*

Pour 1 râble de lapin en morceaux :
- *750 g d'échine de porc,*
- *1 barde de lard,*
- *1 couenne de lard,*
- *sel, poivre.*

Pour la marinade :
- *1/4 de litre de vin blanc,*
- *1 verre à liqueur de madère (facultatif),*
- *1 carotte,*
- *1 oignon,*
- *1 gousse d'ail,*
- *1 cuil. à soupe d'huile,*
- *bouquet garni,*
- *poivre.*

- Laissez le lapin macérer au frais, une nuit entière, avec tous les éléments de la marinade.
- Hachez la viande de porc. Incorporez-y sel, poivre et une partie de la marinade passée, pour obtenir un mélange moelleux mais pas trop liquide.
- Garnissez le fond de la terrine avec une barde de lard. Tassez dessus une couche de hachis, les morceaux de lapin égouttés, non désossés, bien serrés les uns contre les autres. Recouvrez avec le reste de hachis. Posez la couenne de lard dessus. Faites cuire au bain-marie, à four moyen (th. 5/6), 1 h 30 environ.
- Servez froid, dans la terrine.

Le secret...
de la qualité toute particulière
de cette terrine de lapin

Les os, cuits dans la terrine même, lui communiquent beaucoup de goût et produisent un peu de gelée, également délicieuse. Un inconvénient : cette terrine ne peut être coupée en tranches, à cause des os. Servez-la avec une fourchette solide (fourchette à rôti) pour en détacher de savoureux morceaux.

Tomates farcies bonne femme

Très facile - Bon marché - Préparation et cuisson : 1 h

Pour 4 personnes :
- *2 œufs,*
- *4 grosses tomates,*
- *2 échalotes,*
- *2 gousses d'ail,*
- *persil,*
- *40 g de beurre,*
- *50 g environ de chapelure,*
- *sel, poivre.*

- Faites durcir les œufs 10 min à l'eau bouillante. Découpez un couvercle sur chaque tomate, du côté opposé à la tige. À l'aide d'une cuiller, videz le jus que vous mettrez de côté. Réservez les couvercles. Saupoudrez de sel. Retournez les tomates sur une assiette pour les faire égoutter, le temps de préparer les autres éléments. Préchauffez le four.
- Hachez les échalotes, l'ail, le persil. Mettez ce hachis dans une petite casserole avec 20 g de beurre fondu, les œufs durs coupés grossièrement, le jus des tomates, sel, poivre, et assez de chapelure pour obtenir une pâte ferme. Mélangez 1 ou 2 min sur le feu.
- Remplissez les tomates avec cette farce. Disposez-les dans un plat à gratin bien beurré. Posez sur chacune un peu de chapelure et une noisette de beurre. Faites cuire 25 min à four moyen (th. 5/6). Reposez les couvercles sur chaque tomate. Remettez à cuire 10 min.

Mon avis

Les tomates bonne femme devraient être servies en entrée plutôt qu'en plat de légumes pour accompagner la viande. C'est une façon agréable de préparer les tomates lorsque, à la pleine saison, elles commencent à lasser.

Truites à la ciboulette

*Facile - Raisonnable -
Préparation et cuisson : 40 min*

Pour 4 personnes :
- *4 truites,*
- *1 noix de beurre,*
- *1 échalote,*
- *2 verres de vin blanc sec ou d'eau,*
- *ciboulette,*
- *1/2 citron,*
- *4 cuil. à soupe de crème fraîche,*
- *sel, poivre.*

Micro-ondes : *Les truites peuvent être cuites, 2 par 2, tête-bêche, au micro-ondes avec un peu de vin blanc et de jus de citron.*
Comptez, pour 2 truites, de 2 min 30 à 3 min (puissance maximale). Ne couvrez pas.
La cuisson de la sauce se fera sur le feu.

- Beurrez un plat allant au four. Parsemez le fond d'échalote hachée. Déposez dessus les truites nettoyées et essuyées. Ajoutez le vin blanc, 1 cuillerée à soupe de ciboulette coupée, sel, poivre, le jus du citron. Faites cuire 10 min à four bien chaud (th. 7/8).
- Égouttez parfaitement les truites et gardez-les au chaud dans le plat de service.
- Reportez la sauce de cuisson sur le feu, dans une petite casserole. Incorporez-y la crème fraîche tout en la laissant bouillir quelques instants pour que la sauce

épaississe un peu. Versez sur les truites et servez celles-ci aussitôt.
- Des pommes vapeur légèrement persillées les accompagnent très bien.

Remarque : *Le jus de citron peut être ajouté en fin de cuisson seulement et en quantité plus ou moins grande, selon le goût.*

Le secret...
POUR OBTENIR DES TRUITES NON ÉCLATÉES
APRÈS CUISSON

Videz-les (ou faites-les vider...) par les ouïes, de manière à ne pas ouvrir le ventre du poisson. Il risquera moins d'éclater en cuisant et sera beaucoup plus présentable.

LES PLATS

LES PLATS

Aubergines sautées persillade

Facile - Bon marché -
Préparation et cuisson : 30 min - Repos : 30 min

Pour 4 personnes :
- *4 grosses aubergines,*
- *2 cuil. à soupe très pleines de farine,*
- *1/2 à 1 verre d'huile,*
- *2 gousses d'ail,*
- *1 cuil. à soupe de persil haché,*
- *1 noix de beurre,*
- *sel, poivre.*

Remarques : *N'épluchez pas les aubergines. Elles sont très bonnes avec leur peau.*
Si possible, égouttez les aubergines cuites sur un papier absorbant ou sur une grille. Elles seront moins grasses.

- Coupez les aubergines en rondelles épaisses de 1 cm. Saupoudrez-les de sel fin. Laissez dégorger 30 min. Essuyez-les ensuite avec un linge ou du papier absorbant. Farinez-les légèrement.
- Faites chauffer l'huile dans une grande poêle. Lorsqu'elle est bien chaude mais non brûlante, déposez-y une partie des aubergines, de façon qu'elles recouvrent le fond de la poêle et baignent toutes dans l'huile. Faites-les dorer des deux côtés. Rangez-les dans un plat. Tenez celui-ci au chaud. Faites cuire ainsi toutes les aubergines.
- Faites chauffer une noix de beurre dans une petite casserole. Jetez-y le persil haché et l'ail coupé finement. Laissez cuire 1 ou 2 min. Versez sur les aubergines au moment de servir.

LES PLATS

Blanquette à l'ancienne

---

*Facile - Raisonnable - Préparation et cuisson : 1 h 45 -
Cuisson à l'autocuiseur : 25 min*

Pour 4 personnes :
- *1 kg d'épaule coupée en gros cubes,*
- *40 g de beurre,*
- *2 cuil. à soupe pleines de farine,*
- *1 oignon,*
- *1 carotte,*
- *bouquet garni,*
- *2 clous de girofle,*
- *persil haché,*
- *sel, poivre.*

Pour la liaison :
- *1 jaune d'œuf,*
- *2 cuil. à soupe de crème fraîche.*

Micro-ondes : *(*) Les champignons cuisent parfaitement au micro-ondes. Dans un bol contenant 100 g de petits champignons, ajoutez 5 cuillerées à soupe d'eau, sel, poivre, jus de citron et couvrez d'un film étirable.*
Comptez, si les champignons sont en lamelles, 1 min 30 (puissance maximale) et 4 min (puissance maximale) s'ils sont entiers.

- Faites revenir légèrement la viande dans une cocotte avec 40 g de beurre, la carotte et l'oignon coupés. Saupoudrez de 2 cuillerées à soupe pleines de farine. Mélangez pour laisser cuire légèrement cette dernière.

- Ajoutez 2 bols d'eau chaude, le bouquet garni, 2 clous de girofle, sel, poivre. Couvrez. Laissez cuire sur feu doux 1 h 15 environ (25 min à l'autocuiseur).
- Quand la viande est cuite, égouttez-la avec soin, et tenez-la au chaud dans le plat de service. Laissez la cocotte à découvert sur le feu pour laisser réduire la sauce de cuisson. Ôtez le bouquet garni et la carotte.
- **Liaison** : dans une grande terrine, délayez le jaune d'œuf et la crème fraîche. Puis, petit à petit, incorporez toute la sauce en tournant vivement avec un fouet à sauce ou une cuiller en bois.
- Versez sur la viande. Saupoudrez d'un peu de persil haché. Servez aussitôt avec des pommes de terre à l'eau ou du riz.

Raffinement : Ajoutez des petits champignons (*) de Paris préalablement revenus à la casserole, avec un peu de beurre et de jus de citron, 15 min avant la fin de la cuisson de la blanquette.

Le secret...
de la liaison de la blanquette

1 ou 2 cuillerées à soupe de sauce très chaude, dans un bol, avec le jaune d'œuf et la crème, en tournant sans arrêt. Puis incorporez ce mélange à la sauce sur feu très doux, en mélangeant vigoureusement avec un fouet quelques secondes. Retirez du feu et versez sur la viande parfaitement égouttée. Pour faire attendre la blanquette, une seule solution : le bain-marie.

Bourguignon

---

*Facile - Raisonnable - Préparation et cuisson : 2 h 20 -
Cuisson à l'autocuiseur : 50 min - Macération : 12 h*

Pour 4 personnes :
- *1 kg 500 de bœuf à bourguignon,*
- *30 g de beurre,*
- *2 cuil. à soupe d'huile,*
- *1 cuil. à soupe pleine de farine,*
- *2 gousses d'ail,*
- *bouquet garni,*
- *1 cuil. à soupe de concentré de tomates,*
- *1 kg de pommes de terre,*
- *persil haché,*
- *sel, poivre.*

Pour la marinade :
- *1 bouteille de vin rouge corsé,*
- *1 cuil. à soupe d'huile,*
- *1 petite carotte,*
- *1 oignon,*
- *2 échalotes,*
- *1 petite branche de céleri,*
- *1 gousse d'ail,*
- *persil, thym, laurier,*
- *5 grains de poivre,*
- *1 clou de girofle.*

- La veille, mettez la viande coupée en gros cubes dans une terrine avec tous les éléments de la marinade et laissez macérer jusqu'au lendemain.
- Le jour même, égouttez et essuyez la viande avec du papier absorbant avant de la faire roussir sur feu très vif avec un peu d'huile. Ajoutez-y ensuite les aromates de la marinade (carotte, oignon, échalotes) et 30 g de beurre. Laissez cuire 15 min sans couvrir. Puis saupoudrez 1 cuillerée à soupe de

LES PLATS

farine. Mélangez sur feu vif, la farine doit dorer légèrement.
- Recouvrez la viande avec le vin rouge de la marinade. Portez à ébullition. Ajoutez sel, poivre, 1 verre d'eau, le concentré de tomates, l'ail, le bouquet garni. Couvrez et laissez cuire très doucement 2 h (50 min à l'autocuiseur).
- 30 min avant la fin de la cuisson, mettez les pommes de terre à cuire à l'eau.
- Présentez la viande dans un plat creux, arrosée de sauce. Servez, à part, les pommes de terre épluchées, saupoudrées de persil haché.

Organisation : *Le bourguignon est long à préparer et à cuire. Préparez-en pour 2 repas. Il se conserve plusieurs jours au réfrigérateur et il est excellent réchauffé.*

Cabillaud meunière

Facile - Bon marché - Préparation et cuisson : 15 min

Pour 4 personnes :
- *4 tranches de cabillaud d'environ 200 g chacune,*
- *2 cuil. à soupe de farine,*
- *50 g de beurre,*
- *1 citron,*
- *persil,*
- *sel, poivre.*

Remarques : *La chair du poisson ne doit pas être saisie. Il ne faut donc pas mettre les tranches dans le beurre trop chaud. À défaut de citron, arrosez le poisson d'un filet de vinaigre.*

- Lavez les tranches de cabillaud. Essuyez-les bien. Salez, poivrez, farinez-les légèrement.
- Dans une poêle, faites chauffer 50 g de beurre. Déposez-y les tranches de poisson et laissez-les cuire, sur feu moyen, de 5 à 7 min sur chaque face.
- Mettez les tranches dans un plat chaud. Décorez avec des quartiers de citron et du persil haché.

MON AVIS
Il n'est pas indispensable de fariner le cabillaud, mais je vous le recommande toutefois. Fariner le poisson demande peu de travail et évite que le beurre ne saute de la poêle ; de plus, le poisson dore mieux.

LES PLATS

Canard braisé à l'orange

Difficile - Cher - Préparation et cuisson : 1 h 50

Pour 4 personnes :
- *1 kg 500 de canard,*
- *30 g de beurre,*
- *3 oranges,*
- *1/2 citron (jus),*
- *2 verres à liqueur de curaçao,*
- *persil,*
- *sel, poivre.*

Pour le fond de sauce :
- *abattis du canard,*
- *25 g de beurre,*
- *1 oignon,*
- *1 carotte,*
- *2 verres de vin blanc sec,*
- *bouquet garni,*
- *1 cuil. à soupe rase de fécule,*
- *2 cuil. à soupe de gelée de groseilles,*
- *sel, poivre.*

Remarques : *Pour servir le canard, simplifiez-vous la tâche : découpez-le en quatre avec un grand couteau hachoir. Ce n'est que pour les très gros canards que vous découperez de fines aiguillettes dans toute la longueur des filets, le long du bréchet (os qui sépare la poitrine en deux, dans le sens de la longueur).*
Pour accompagner : pommes chips ou en croquettes. À la rigueur, du riz nature ou des pommes de terre vapeur.

- ***Fond de sauce :*** à l'avance, faites roussir les abattis et l'oignon haché avec 25 g de beurre. Puis ajoutez le vin blanc, 1 verre d'eau, la carotte coupée en ron-

Moules marinière • Page 28

Aubergines sautées persillade • Page 58

Paupiettes de poisson à la crème • Page 102

Ratatouille niçoise • Page 117

delles, le bouquet garni, sel, poivre. Laissez bouillir 1 h, très doucement sans couvrir.
- Dans une cocotte, faites revenir le canard entièrement avec 30 g de beurre, sur feu assez vif. Salez, poivrez. Versez dessus le fond de sauce passé. Laissez mijoter doucement 50 min.
- Coupez le zeste de 1 orange en très fins bâtonnets. Mettez-les dans une petite casserole d'eau froide. Portez à ébullition. Égouttez. Laissez macérer avec 1 verre de curaçao. Pelez 2 autres oranges à vif, coupez-les en rondelles.
- Retirez le canard cuit de la cocotte. Déposez-le dans un plat tenu au chaud dans le four. À l'aide d'une cuiller, dégraissez bien la surface du jus resté dans la cocotte. Faites bouillir sur feu vif quelques minutes pour le faire réduire.
- Pendant ce temps, délayez la fécule, la gelée de groseilles et le reste de curaçao. Incorporez le tout au fouet au jus resté dans la cocotte. Ajoutez le jus de citron, les tranches et zestes d'orange et le curaçao de macération. Laissez bouillir en remuant vivement 2 ou 3 min.
- Découpez le canard. Présentez-le garni de sauce et d'oranges.

Mon avis

En fait, cette recette est plus impressionnante quand on la lit que lorsqu'on l'exécute. La première opération (décrite dans le paragraphe 1) n'est ni difficile ni longue, mais elle est très utile car la qualité de votre sauce en dépend.

LES PLATS

Carottes à la crème

Facile - Bon marché - Préparation et cuisson : 1 h environ -
Cuisson à l'autocuiseur : 25 min

Pour 4 personnes :
- *1 kg de carottes,*
- *30 g de beurre,*
- *4 petits oignons blancs,*
- *1 gousse d'ail,*
- *1 clou de girofle,*
- *bouquet garni,*
- *1 ou 2 cuil. à soupe de crème fraîche,*
- *sel, poivre.*

- Grattez et lavez les carottes. Coupez-les en minces rondelles.
- Faites fondre 30 g de beurre dans une grande casserole. Jetez-y les carottes, les petits oignons coupés en quatre, l'ail, le bouquet garni, le clou de girofle, sel, poivre. Couvrez d'une assiette creuse emplie d'eau. Laissez cuire doucement 1 h (25 min à l'autocuiseur).
- Ôtez le bouquet garni et incorporez la crème fraîche juste avant de servir.

Carré d'agneau persillade

Facile - Cher - Cuisson : 20 min

Pour 4 personnes :
- *1 carré d'agneau, fendu à la base de chaque côte,*
- *30 g de beurre,*
- *1 gousse d'ail,*
- *persil,*
- *chapelure,*
- *sel, poivre.*

- Faites d'abord dorer le carré à la poêle, sur feu vif, avec un peu de beurre. Mettez-le ensuite dans un grand plat à feu, et faites cuire à four très chaud (th. 8/9) 15 min seulement. À mi-cuisson, salez, poivrez et retournez.

- Hachez l'ail et le persil. Mélangez ce hachis avec de la chapelure, sel et poivre. Étalez-le sur le côté gras de la viande. Tapotez avec une spatule pour faire adhérer. Parsemez de noisettes de beurre. Remettez 5 min à four très chaud.

Organisation : *Le carré peut être cuit un peu à l'avance (de 15 à 20 min) et tenu au chaud dans deux ou trois épaisseurs de papier d'aluminium. Au dernier moment, il sera enrobé de hachis persillé et remis dans le four chaud 5 min, ce qui sera suffisant pour le réchauffer. Le laps de temps pendant lequel votre four sera vide (mais chaud) vous permettra d'y faire cuire une entrée telle que quiche lorraine, soufflé au fromage, gratin, ou d'y réchauffer un plat tout préparé.*

Remarque : *Le carré d'agneau se découpe comme le gigot. Tranchez avec un couteau solide ; quand vous atteignez l'os, cherchez avec la base du couteau l'articulation ou la brisure pratiquée par le boucher.*

Cassoulet sans façon

Très facile - Raisonnable - Préparation et cuisson : 3 h - Cuisson à l'autocuiseur : 50 min

Pour 6 personnes :
- 500 g de haricots,
- 50 g de saindoux ou graisse d'oie,
- 500 g d'épaule de mouton,
- 500 g de collier,
- 200 g de lard de poitrine salé,
- 4 oignons,
- 2 gousses d'ail,
- bouquet garni,
- 2 ou 3 tomates,
- 1 saucisson à l'ail,
- 250 g de couennes,
- chapelure,
- sel, poivre.

- Mettez les haricots dans un grand fait-tout. Recouvrez-les d'eau froide non salée. Portez à ébullition. Laissez bouillir 15 min (5 min à l'autocuiseur). Égouttez. Remettez-les dans le même récipient. Emplissez d'eau bouillante. Couvrez et laissez cuire 45 min (15 min à l'autocuiseur). Salez à mi-cuisson.
- Faites dorer les viandes (épaule et collier) coupées en morceaux avec 50 g de saindoux ou de graisse d'oie. Hachez les oignons et l'ail. Ajoutez-les aux viandes ainsi que les tomates épluchées et épépinées, les couennes coupées en dés, le bouquet garni, poivre, un peu de sel.
- Égouttez bien les haricots. Remettez-les dans la cocotte avec les viandes et tous leurs ingrédients, le saucisson à l'ail et le lard de poitrine coupés. Laissez

mijoter ensemble 1 h 30 environ (30 min à l'auto-cuiseur).
- Versez le tout dans un plat à gratin. Saupoudrez de chapelure. Faites gratiner sous le gril.

Le secret...
DES HARICOTS MOELLEUX ET BIEN TENDRES

Le sel de même que la tomate sont ajoutés à mi-cuisson seulement. Mis au début, ils durciraient la peau des légumes secs, compromettant ainsi leur cuisson.

Cèpes (ou bolets) bordelaise

Facile - Cher - Préparation et cuisson : 15 min

Pour 4 personnes :
- *600 g de cèpes très fermes,*
- *1 cuil. à soupe de vinaigre,*
- *2 petites échalotes,*
- *persil,*
- *3 cuil. à soupe d'huile,*
- *1 quartier de citron,*
- *50 g de beurre ou de graisse d'oie,*
- *1 cuil à soupe de pain rassis émietté,*
- *sel, poivre.*

- Retirez la partie terreuse des cèpes. Lavez rapidement les champignons à l'eau vinaigrée. Égouttez-les et essuyez-les aussitôt. Coupez-les en lamelles. Hachez les échalotes et le persil.
- Dans une poêle contenant l'huile très chaude, faites rissoler les cèpes, sur feu assez vif, 2 ou 3 min. Égouttez-les bien.
- Remettez les cèpes dans la poêle avec 50 g de beurre ou de graisse d'oie, le pain émietté, le hachis d'échalotes et de persil, sel, poivre. Laissez cuire 5 min environ, sur feu moyen, en secouant la poêle de temps en temps. Ajoutez, à la fin, un peu de jus de citron.
- Présentez avec de la volaille, de la viande ou une omelette baveuse.

Variante économique : *Si vous n'avez pas le privilège d'aller à la cueillette des cèpes, ceux que vous achèterez au marché vous paraîtront toujours chers. Pour obtenir un plat plus* *abordable, vous pourrez y ajouter de gros dés de pommes de terre, sautés à part avec huile, beurre ou graisse d'oie. Ce sera plus économique et très bon malgré tout.*

Choucroute

---

*Facile - Cher - Préparation et cuisson : 2 h 30 -
Cuisson à l'autocuiseur : 1 h*

Pour 6 ou 8 personnes :
- *2 kg de choucroute crue,*
- *100 g de saindoux,*
- *500 g d'épaule fumée,*
- *1 palette fumée,*
- *300 g de couennes,*
- *500 g de lard fumé,*
- *1 pied de veau,*
- *1 saucisson à l'ail,*
- *12 saucisses de Francfort ou de Strasbourg,*
- *1 carotte,*
- *1 oignon,*
- *1 clou de girofle,*
- *20 baies de genièvre,*
- *bouquet garni,*
- *20 grains de poivre,*
- *50 cl de vin blanc sec,*
- *500 g de pommes de terre,*
- *sel.*

- Mettez la choucroute crue dans une grande bassine pour la rincer à grande eau. Si la choucroute est vieille, laissez-la tremper quelques heures. Renouvelez l'eau. Puis pressez-la fortement et « désenchevêtrez-la ».
- Mettez le lard, le pied de veau fendu en deux et les couennes dans une casserole d'eau. Portez à ébullition et égouttez.
- Étalez les couennes au fond d'un grand fait-tout, ajoutez la moitié de la choucroute, le lard, l'épaule, la palette, le pied de veau, le saucisson, les saucisses, l'oignon piqué du clou de girofle, les carotte, les baies de genièvre, le bouquet garni, sel, poivre, saindoux,

puis le reste de choucroute. Versez le vin et de l'eau à hauteur. Couvrez hermétiquement et laissez mijoter 2 h (1 h à l'autocuiseur). À la fin de la cuisson, le liquide doit être peu abondant.
- Au bout de 30 min, retirez le saucisson et les saucisses. Puis au bout de 1 h 30 l'épaule, la palette et le lard. Ajoutez les pommes de terre épluchées. Laissez cuire 30 min. Remettez les saucisses, le saucisson et les viandes pour les réchauffer.

Coq au chambertin

*Facile - Cher - Préparation et cuisson : 2 h 30 -
Cuisson à l'autocuiseur : 45 min environ - Macération : 2 h*

Pour 6 ou 8 personnes :
- *1 coq coupé en morceaux,*
- *40 g de beurre,*
- *100 g de couenne,*
- *1 cuil. à soupe de farine,*
- *1 verre à liqueur de cognac,*
- *125 g de lard de poitrine,*
- *1 cuil. à soupe de concentré de tomates,*
- *250 g de champignons,*
- *persil,*
- *sel, poivre.*

Pour la marinade :
- *1 bouteille de chambertin,*
- *2 cuil. à soupe d'huile,*
- *1 oignon,*
- *2 échalotes,*
- *1 petite carotte,*
- *3 gousses d'ail,*
- *bouquet garni,*
- *1 clou de girofle,*
- *3 grains de poivre.*

- La veille, mettez les morceaux de coq avec les ingrédients de la marinade dans un récipient pas trop grand pour qu'ils soient recouverts.
- Le jour même, égouttez séparément la viande et les aromates. Conservez la marinade.
- Dans une cocotte, faites chauffer 40 g de beurre et la couenne coupée en morceaux. Mettez la volaille (sauf le foie) à dorer de toutes parts. Ajoutez alors les aromates de la marinade. Saupoudrez de farine. Mélangez. Arrosez de cognac. Portez à ébullition.

Faites flamber sur le feu. Mouillez avec la marinade passée, 1 verre d'eau, le concentré de tomates, salez, poivrez. Couvrez. Laissez mijoter de 1 h 30 à 2 h (45 min à l'autocuiseur).
- Faites fondre le lard coupé en dés sur feu doux et faites sauter les champignons coupés en lamelles.
- Déposez les morceaux de coq dans un plat, ainsi que les champignons et les lardons. Si la sauce est trop liquide, faites-la réduire sur feu vif. Incorporez-y le foie cru écrasé à la Moulinette. Retirez du feu aussitôt et versez dans le plat. Parsemez de persil haché avant de servir avec des pommes de terre ou des nouilles plates.

Le secret...
De la sauce veloutée du coq au vin
Le foie cru en purée, incorporé à la sauce en fin de cuisson, provoque aussitôt sa liaison. Ne laissez plus bouillir après la liaison sinon la sauce tournerait.

Côte de bœuf à l'échalote

Très facile - Raisonnable - Préparation et cuisson : 45 min (9 à 10 min par livre) - Réfrigération : 2 h au moins

Pour 4 personnes :
- 1 côte de bœuf de 1 kg 500,
- huile,
- thym, laurier,
- 100 g de beurre mou,
- 1 échalote,
- poivre concassé (mignonnette),
- sel.

Micro-ondes : *Vous pouvez y cuire, de façon satisfaisante, une petite côte de bœuf (de 800 à 900 g environ).*
Après un dorage préalable à la poêle, sur feu vif, mettez-la dans le micro-ondes, de 5 à 6 min (selon l'épaisseur), puissance maximale. Ne couvrez pas, et ne prolongez pas la cuisson ; cela aurait pour effet de durcir la viande. À mi-cuisson, retournez la viande. Ajoutez sel et hachis d'échalote et remettez à cuire. Laissez reposer 3 min avant de découper.
Pour obtenir un jus de cuisson légèrement onctueux, délayez-le avec le beurre mou et remettez au micro-ondes 30 secondes. Fouettez avant de servir.

- Enduisez la viande d'huile. Parsemez-la de thym effeuillé, de laurier émietté et de poivre concassé. Enveloppez-la d'une feuille d'aluminium et laissez reposer un moment, voire jusqu'au lendemain, au réfrigérateur.
- Déposez la côte sur la grille du four. Glissez celle-ci dans le four très chaud (th. 7/8) ou sous le gril. Pla-

cez en dessous un grand plat pour recueillir le jus. Laissez cuire de 9 à 10 min par livre (soit environ 30 min au total). Retournez à mi-cuisson.

- **Beurre d'échalote :** faites revenir doucement l'échalote hachée très finement avec un tout petit peu de beurre, sans laisser colorer. Une fois tiédie, incorporez-la au reste du beurre en malaxant avec une fourchette.

- Un peu avant la fin de cuisson, coupez les ficelles entourant la viande pour qu'elle se détende. Salez, poivrez.

- Pour servir, tranchez la côte verticalement (horizontalement, c'est beaucoup plus difficile). Présentez dans des assiettes chaudes avec le beurre d'échalote.

LES PLATS

Courgettes à la lyonnaise

Très facile - Bon marché - Préparation et cuisson : 30 min

Pour 4 personnes :
- *4 courgettes,*
- *3 cuil. à soupe d'huile,*
- *20 g de beurre,*
- *2 gros oignons,*
- *40 g de gruyère râpé,*
- *sel, poivre.*

Micro-ondes : *Vous pouvez préparer cette recette au micro-ondes, en la modifiant quelque peu : les rondelles d'oignon, étalées dans le plat avec des noisettes de beurre, seront cuites, à couvert, au micro-ondes, 2 min (puissance maximale). Les courgettes, coupées finement, y seront ensuite mélangées, arrosées d'huile, salées et poivrées.*
Le plat, hermétiquement couvert d'un film étirable, sera remis au micro-ondes 8 min (puissance maximale). Parsemez de gruyère râpé avant de mettre à gratiner sous le gril ou, plus simplement, mélangez en fin de cuisson.

- Lavez et coupez les courgettes en rondelles épaisses, sans les peler. Faites-les dorer des deux côtés, sur feu vif, dans une grande poêle avec de l'huile. Salez, poivrez. Couvrez et laissez cuire doucement 20 min.
- Pendant ce temps, faites mijoter 15 min les oignons coupés en rondelles, avec un peu de beurre, à couvert.
- Disposez, par couches, dans un plat à gratin les courgettes sautées, les oignons et le gruyère râpé. Mettez au four très chaud 5 min pour gratiner.

Dolmas (petits choux farcis)

---

*Facile - Raisonnable - Préparation et cuisson : 2 h -
Cuisson à l'autocuiseur : 45 min*

Pour 4 ou 6 personnes :
- *1 kg d'épaule de mouton avec os,*
- *60 g de riz,*
- *1 jaune d'œuf,*
- *30 g de beurre,*
- *1 chou pommé,*
- *8 gousses d'ail,*
- *50 g d'olives noires,*
- *piment de Cayenne,*
- *1 boîte de sauce tomate,*
- *sel, poivre.*

- Hachez la viande (gardez les os à part). Ajoutez-y le riz cru, bien lavé. Malaxez le tout avec le jaune d'œuf, sel, poivre, une pointe de piment de Cayenne et une noix de beurre.
- Prenez les plus grandes feuilles du chou. Plongez-les 2 min dans de l'eau bouillante salée. Ôtez-en les côtes dures.
- Dans une grande cocotte, faites légèrement colorer les os avec une noix de beurre.
- Mettez 1 cuillerée à soupe de farce et 1 ou 2 gousses d'ail (selon le goût) sur chaque feuille de chou. Roulez ces rouleaux comme un gros cigare en repliant aux deux extrémités. Ficelez. Rangez ces rouleaux au fur et à mesure dans la cocotte contenant les os. Recouvrez de sauce tomate et laissez mijoter le tout 1 h 30 (45 min à l'autocuiseur). Ajoutez les olives noires en fin de cuisson, juste pour les réchauffer.

LES PLATS

Dorade au citron

*Très facile - Bon marché -
Préparation et cuisson : 40 min*

Pour 4 personnes :
- *1 dorade de 1 kg,*
- *1 gros bouquet de persil,*
- *3 échalotes,*
- *1 gousse d'ail,*
- *30 g de beurre,*
- *1 citron,*
- *1 brin de thym,*
- *sel, poivre.*

Remarque : *Vous pouvez remplacer les échalotes par 1 ou 2 oignons. Toutes les herbes aromatiques peuvent entrer dans la composition de cette farce.*

- Faites vider et écailler la dorade par le poissonnier. Lavez-la et essuyez-la. Préchauffez le four.
- Hachez le persil, les échalotes et l'ail. Salez et poivrez. Tassez le hachis à l'intérieur du poisson.
- Tranchez le citron en minces rondelles, puis coupez celles-ci en deux. Faites des incisions assez profondes, de biais, jusqu'à l'arête, sur le poisson. Glissez-y les demi-rondelles de citron.
- Mettez la dorade dans un plat à gratin bien beurré. Saupoudrez de sel, poivre, feuilles de thym. Parsemez de noix de beurre. Faites cuire à four chaud (th. 6/7) 30 min environ.

MON AVIS
Voici une recette « spéciale débutante » qui est, en même temps, raffinée et originale. C'est l'un de mes plats à succès.

LES PLATS

Émincé au curry

Facile - Raisonnable - Préparation et cuisson : 1 h 30 - Cuisson à l'autocuiseur : 25 min

Pour 4 personnes :
- *1 kg 500 de morceaux de dinde ou d'oie,*
- *1 carotte,*
- *1 oignon,*
- *1 poireau,*
- *1 gousse d'ail,*
- *bouquet garni,*
- *sel, poivre.*

Pour le pilaf :
- *200 g de riz,*
- *30 g de beurre,*
- *1 oignon,*
- *sel, poivre.*

Pour la sauce curry :
- *2 oignons,*
- *30 g de beurre,*
- *1 cuil. à soupe de farine,*
- *1 cuil. à café de curry,*
- *1/2 litre de bouillon,*
- *100 g de crème fraîche.*

- Plongez les morceaux de volaille dans de l'eau en ébullition, 3 min seulement. Égouttez. Passez-les sous l'eau froide aussitôt. Remettez-les dans la casserole avec 1 litre 1/4 d'eau, 1 carotte, 1 oignon, 1 poireau, l'ail, le bouquet garni, sel, poivre. Laissez bouillir doucement 1 h environ (25 min à l'autocuiseur).
- **Pilaf :** faites dorer 1 oignon haché avec 30 g de beurre. Ajoutez le riz. Mélangez et, sans attendre, ajoutez deux fois son volume d'eau, sel, poivre.

Couvrez et laissez cuire sur feu très doux de 15 à 17 min.

- **Sauce curry :** dans une petite casserole, faites sauter 2 oignons hachés menu avec 30 g de beurre. Saupoudrez de 1 cuillerée à soupe bombée de farine et de 1 cuillerée à café de curry. Mélangez bien. Mouillez avec 1/2 litre de bouillon de la volaille. Remuez jusqu'à épaississement. Laissez mijoter 10 min sur feu très doux. À la fin de la cuisson, incorporez la crème fraîche.

- Tassez le riz dans un moule en couronne. Retournez-le dans un plat chaud. Disposez au centre la chair de la volaille coupée en fines tranches. Recouvrez de sauce et servez.

LES PLATS

Escalopes à la normande

Facile - Raisonnable - Préparation et cuisson : 25 min

Pour 4 personnes :
- *4 escalopes,*
- *30 g de beurre,*
- *1/2 verre de vin blanc sec,*
- *estragon,*
- *1 cuil. à soupe de farine,*
- *3 cuil. à soupe de crème fraîche,*
- *sel, poivre.*

- Faites dorer les escalopes à la poêle avec 30 g de beurre bien chaud, de 3 à 4 min de chaque côté. Ajoutez le vin blanc, les tiges d'estragon effeuillées (les feuilles seront utilisées plus tard). Couvrez et laissez cuire sur feu doux 10 min.

- Mettez les escalopes cuites dans un plat tenu au chaud. Laissez le jus dans la poêle. Délayez dedans 1 ou 2 cuillerées à soupe d'eau et la farine. Faites bouillir 1 min. Retirez-en les tiges d'estragon. Incorporez à ce jus la crème et les feuilles d'estragon coupées. Laissez bouillir encore 1 min. Versez la sauce sur la viande.

- Servez avec des pommes épluchées et cuites au four, sans sucre, ou simplement coupées en quartiers et sautées à la poêle avec un peu de beurre.

Variante : *Cette recette peut être préparée avec des côtes de veau. C'est d'ailleurs le cas de toutes les recettes d'escalopes. Une nuance : le temps de cuisson est un peu plus long car les côtes sont généralement plus épaisses.*

Filet de bœuf sauce madère

Facile - Cher - Préparation et cuisson : 1 h

Pour 8 personnes :
- *1 kg 500 de filet de bœuf (non bardé),*
- *30 g de beurre,*
- *sel, poivre.*

Pour la sauce madère :
- *1 boîte (1/4) de champignons de Paris,*
- *1 oignon,*
- *40 g de beurre,*
- *40 g de farine,*
- *1/2 litre de liquide (vin blanc + jus des champignons + eau),*
- *1 verre de madère,*
- *sel, poivre.*

Pour le décor :
- *cresson ou mâche.*

- Tartinez la viande de beurre. Déposez-la dans un plat à feu de sa dimension. Glissez dans le four très chaud (th. 8/9) et laissez cuire de 40 à 45 min (12 à 15 min par livre). Retournez la viande et arrosez-la en cours de cuisson. Salez et poivrez.
- **Sauce madère :** égouttez les champignons mais conservez le jus. Hachez finement l'oignon. Faites-le dorer légèrement avec 40 g de beurre. Saupoudrez de farine. Mélangez sur le feu avec une cuiller en bois jusqu'à ce que la préparation blondisse. Incorporez 1/2 litre de liquide froid (1 verre de vin blanc + jus des champignons + eau), sel, poivre. Remuez jusqu'à

ébullition. Laissez mijoter sur feu doux 20 min environ. En fin de cuisson, ajoutez les champignons coupés en lamelles, juste pour les réchauffer et, au dernier moment seulement, le verre de madère.
- Découpez le rôti en tranches dans un grand plat chaud, décoré d'un petit bouquet de cresson ou de mâche à chaque extrémité. Présentez la sauce à part, dans une saucière chaude.

Raffinement : *La sauce madère peut être préparée la veille et enrichie d'un peu de fond de sauce acheté tout préparé.*

Gigot boulangère

Facile - Cher - Préparation et cuisson : 1 h 15

Pour 8 personnes :
- *1 gigot de 2 kg,*
- *250 g d'oignons,*
- *1 kg 500 de pommes de terre,*
- *50 g de beurre,*
- *bouquet garni,*
- *sel, poivre.*

Micro-ondes : *Le gigot, plus encore que toute autre viande rôtie, exige d'être servi dans des assiettes chaudes car son jus fige vite. Utilisez votre micro-ondes pour chauffer les assiettes au moment du service. Passez-les sous le robinet pour les humecter légèrement, empilez-les, par 2 ou 3, dans le micro-ondes. En 30 secondes (puissance maximale), elles seront chaudes à point, sans risque de se fêler. Essuyez-les avant de servir.*

- Faites d'abord dorer le gigot de toutes parts, dans une grande poêle, avec une noix de beurre. Mettez-le ensuite 10 min dans le four bien chaud (th. 7/8), sans matière grasse.
- Faites blondir les oignons coupés en rondelles avec 30 g de beurre, sur feu très doux. Coupez les pommes de terre en rondelles fines.
- Retirez le gigot du plat à four. Étalez les pommes de terre et les oignons au fond de ce plat. Ajoutez le bouquet garni, sel, poivre et de l'eau bouillante jusqu'à hauteur des pommes de terre. Remettez le gigot et faites cuire au four 35 min environ.

LES PLATS

Gigot de mer à la provençale

Facile - Cher - Préparation et cuisson : 1 h 15

Pour 4 personnes :
- *1 kg 500 de lotte,*
- *20 g de beurre,*
- *farine,*
- *huile,*
- *3 gousses d'ail,*
- *1 carotte,*
- *1 oignon,*
- *1/2 verre de vin blanc sec,*
- *sel, poivre.*

Pour la garniture :
- *250 g de champignons,*
- *3 tomates,*
- *40 g de beurre,*
- *huile,*
- *1 gousse d'ail,*
- *persil,*
- *sel, poivre.*

- Piquez le tronçon de lotte avec des morceaux d'ail. Salez, poivrez, farinez légèrement. Faites dorer rapidement dans une poêle avec 20 g de beurre et un peu d'huile. Retirez du feu.
- Épluchez et coupez en dés la carotte, l'oignon et les queues (seulement) des champignons. Mettez ce hachis dans un plat à feu. Déposez la lotte dessus. Arrosez avec 1/2 verre de vin blanc, sel, poivre. Faites cuire à four moyen (th. 5/6) de 30 à 40 min.
- **Garniture :** 15 min avant la fin de la cuisson du poisson, coupez les têtes des champignons en lamelles fines. Faites-les sauter à la poêle avec une noix de beurre. Salez, poivrez. Ajoutez un peu d'ail et

de persil haché. Tenez au chaud. Coupez les tomates en deux. Mettez-les à cuire dans une poêle avec un peu d'huile très chaude, 5 min sur la face coupée, puis 5 min sur l'autre. Salez et poivrez à la fin.

- Déposez la lotte dans le plat de service chaud. Versez 1/2 verre d'eau dans le plat de cuisson resté sur le feu. Délayez quelques instants en grattant le fond du plat et versez sur le poisson. Décorez le plat avec les demi-tomates sautées recouvertes de lamelles de champignon sautées.

- Présentez avec des pommes vapeur, du riz nature ou de grosses coquillettes.

LES PLATS

Gratin dauphinois

---

*Facile - Bon marché -
Préparation et cuisson : 1 h 15*

Pour 4 personnes :
- *1 kg de pommes de terre,*
- *1 gousse d'ail,*
- *30 g de beurre,*
- *50 g de gruyère râpé,*
- *2 verres environ de lait,*
- *1 œuf,*
- *sel, poivre.*

- Frottez un grand plat à gratin avec la gousse d'ail écrasée puis enduisez-le de beurre.
- Disposez dedans les pommes de terre coupées en fines rondelles en une couche pas trop épaisse. Ajoutez une partie du gruyère. Versez les 3/4 du lait bouillant dessus. Salez, poivrez. Faites cuire à four chaud (th. 6/7) 50 min environ.
- 10 min avant la fin de la cuisson, battez l'œuf en omelette avec sel, poivre et le reste de lait. Versez sur les pommes de terre. Parsemez de gruyère râpé et de noisettes de beurre. Remettez à four moyen (th. 5/6) quelques minutes, le temps que le mélange prenne. Servez au sortir du four avec une viande rouge, rôtie ou grillée.

Le saviez-vous ? *: Il existe plusieurs façons de faire le gratin dauphinois : avec ou sans gruyère, avec du lait ou de la crème, ou moitié crème et moitié lait, avec ou sans ail... Cette recette a le mérite de vous assurer la réussite.*

Mon secret...

Pour obtenir un gratin dauphinois cuit à cœur : les pommes de terre doivent être coupées en rondelles très fines et très régulières, soit avec une râpe à main, soit avec un moulin à légumes.

Le lait du gratin donne parfois l'impression d'avoir tourné. La vérité, c'est que les pommes de terre ont rendu du jus en cuisant. La seule chose à faire est de tricher un peu : versez sur les pommes de terre, déjà cuites, 1 œuf entier battu avec sel, poivre et 2 ou 3 cuillerées à soupe de lait. Le jus des pommes de terre s'incorporera à l'œuf battu et prendra en crème.

Lapin à la moutarde (sauté)

*Facile - Raisonnable -
Préparation et cuisson : 1 h*

Pour 4 personnes :
- *1 lapin coupé en morceaux,*
- *30 g de beurre,*
- *1 cuil. à soupe d'huile,*
- *1 cuil. à soupe rase de farine,*
- *1 oignon,*
- *3 clous de girofle,*
- *bouquet garni,*
- *2 cuil. à soupe de crème fraîche,*
- *1 cuil. à soupe de moutarde forte,*
- *sel, poivre.*

- Faites revenir les morceaux de lapin, sur feu vif, avec un peu d'huile très chaude, dans une sauteuse ou une grande poêle.
- Quand la viande est bien dorée, transvasez-la dans une cocotte sur feu vif. Ajoutez le beurre. Saupoudrez de 1 cuillerée à soupe rase de farine. Mélangez avec une cuiller en bois pour que la farine blondisse à son tour au contact de la matière grasse.
- Ajoutez l'oignon piqué des 3 clous de girofle, le bouquet garni, sel et poivre. Couvrez hermétiquement et laissez mijoter 45 min environ sur feu doux. Quand le lapin est cuit, déposez les morceaux dans un plat de service creux. Tenez au chaud.
- Dans un bol, délayez 2 cuillerées à soupe de crème fraîche avec environ 1 cuillerée à soupe de moutarde forte (dosez au goût). Incorporez avec un fouet au jus de cuisson sur feu doux. Versez aussitôt sur le lapin.

Présentez avec des pommes de terre à l'eau ou des pâtes.

Le secret...
DE LA SAUCE À LA MOUTARDE QUI NE TOURNE PAS

Elle ne doit jamais bouillir. Il vaut mieux, généralement, incorporer la moutarde à la sauce hors du feu. Toutefois, si elle est jointe à une quantité importante de crème fraîche – comme dans cette recette –, le mélange peut se faire sur le feu afin de réchauffer l'ensemble sans ébullition.

Merlans à la biarrote

*Facile - Bon marché -
Préparation et cuisson : 30 min*

Pour 4 personnes :
- *4 merlans,*
- *30 g de beurre,*
- *huile,*
- *farine,*
- *3 gousses d'ail,*
- *persil,*
- *3 cornichons,*
- *sel, poivre.*

Pour la sauce :
- *1 jaune d'œuf,*
- *3 cuil. à soupe de vinaigre.*

- Coupez les poissons en tranches assez épaisses. Salez, poivrez et farinez-les légèrement. Faites-les cuire 10 min environ dans une grande poêle contenant 20 g de beurre et un peu d'huile, sur feu moyen. Retournez à mi-cuisson.
- Hachez l'ail et le persil.
- Déposez les poissons cuits dans un plat de service tenu au chaud. Remettez une noix de beurre dans la poêle avec le hachis d'ail et de persil et 1 cuillerée à café rase de farine. Mélangez sur le feu, tout en ajoutant 3/4 de verre d'eau, sel, poivre et les cornichons coupés en rondelles.
- **Sauce :** délayez dans un bol 1 jaune d'œuf avec 3 cuillerées à soupe de vinaigre. Incorporez vivement dans la poêle retirée du feu, en battant avec un fouet

à sauce. Le mélange doit épaissir légèrement (sinon remettez sur feu doux quelques instants, en continuant de remuer). Versez la sauce sur les poissons et servez aussitôt.

LES PLATS

Morue à l'occitane

Facile - Bon marché - Préparation et cuisson : 1 h - Dessalage : 12 h

Pour 4 personnes :
- 1 paquet de 450 g de filet de morue salée,
- bouquet garni (persil, thym, laurier),
- 4 belles pommes de terre,
- 2 œufs,
- 50 g de beurre,
- 3 gousses d'ail,
- 3 tomates,
- persil,
- 50 g d'olives noires,
- 2 cuil. à soupe de câpres,
- 1/2 citron (jus),
- sel, poivre.

Remarques : *Pour dessaler complètement la morue, déposez-la dans une passoire à pied plongée dans une grande bassine d'eau froide. Ainsi, le poisson ne sera pas en contact avec le fond du récipient où le sel se dépose.*

- La veille, mettez la morue dans beaucoup d'eau froide. Laissez-la dessaler 12 h en changeant l'eau plusieurs fois.
- 1 h avant le repas, mettez le poisson dans une casserole d'eau froide avec un peu de sel et le bouquet garni. Portez lentement à ébullition. Retirez du feu et laissez tiédir la morue dans son court-bouillon.
- Pendant ce temps, faites bouillir les pommes de terre, avec leur peau, de 25 à 30 min. Faites durcir les œufs 10 min à l'eau bouillante.
- Coupez les tomates en quartiers. Faites-les sauter

Tomates farcies bonne femme • Page 53

Poulet à l'indienne • Page 112

Soufflé au fromage • Page 46

Rôti de porc braisé • Page 118

vivement à la poêle avec 30 g de beurre chaud. Salez et poivrez. Épluchez et coupez les pommes de terre en rondelles. Écalez et coupez les œufs en rondelles.
- Préchauffez le four. Beurrez un moule à soufflé. Déposez-y par couches les rondelles de pommes de terre et d'œufs durs, la morue effeuillée, les gousses d'ail écrasées, les tomates. Parsemez de noisettes de beurre. Faites gratiner à four très chaud (th. 8/9) 10 min.
- Servez chaud dans le moule après en avoir décoré le dessus d'olives, de câpres et de persil haché. Arrosez d'un peu de jus de citron.

Mon avis

Je vous conseille particulièrement cette recette pour le dîner. Après cet excellent plat, vous n'aurez envie que d'une salade ou d'un fromage ou d'un fruit. Toutefois, pour commencer, un bon potage tout préparé tel qu'une soupe de poisson sera tout à fait dans la note.

Oie farcie aux marrons

*Facile - Raisonnable -
Préparation et cuisson : 3 h*

Pour 8 ou 10 personnes :
- *1 oie de 3 kg 500,*
- *75 g de beurre,*
- *sel, poivre.*

Pour la farce :
- *1 foie d'oie,*
- *100 g de veau,*
- *100 g de collier de porc,*
- *100 g de lard de poitrine frais,*
- *2 échalotes,*
- *1 boîte de marrons,*
- *1 litre de bouillon (ou 2 tablettes),*
- *sel, poivre.*

Pour le décor :
- *cresson ou mâche.*

- **Farce :** hachez ensemble le veau, le porc, le lard, le foie et les échalotes. Mélangez avec les marrons grossièrement écrasés, salez et poivrez. Tassez la farce à l'intérieur de l'oie. Cousez l'ouverture ou ficelez autour du croupion.
- Enduisez les cuisses d'oie de beurre. Salez et poivrez la volaille. Mettez à four bien chaud (th. 7/8). Après 30 min, réduisez la température (th. 6/7). Laissez cuire en tout environ 2 h 30. Arrosez souvent pendant la cuisson assez lentement menée.

- Présentez l'oie déficelée dans un très grand plat décoré de cresson ou de mâche. Servez à part le jus de cuisson (préalablement dégraissé), dans une saucière chaude.

Remarque : *Si l'oie dore trop rapidement dans le four, protégez-la avec un morceau de feuille d'aluminium juste posé dessus.*

Le secret…
des marrons en boîte
qui n'ont pas le goût d'eau

Laissez-les mijoter 15 min avec du bouillon de volaille assez concentré (bouillon d'abattis, par exemple). C'est suffisant pour qu'ils s'en imprègnent. Quand vous écraserez ces marrons à la fourchette, vous y ajouterez, en plus, quelques cuillerées à soupe du même bouillon de volaille.

LES PLATS

Osso-buco

Facile - Raisonnable - Préparation et cuisson : 1 h 45 - Cuisson à l'autocuiseur : 25 min

Pour 4 personnes :
- *1 kg 200 de jarret de veau coupé en rondelles,*
- *50 g de beurre,*
- *1 oignon,*
- *farine,*
- *1 cuil. à soupe de concentré de tomates,*
- *1 verre de vin blanc sec,*
- *1 gousse d'ail,*
- *bouquet garni,*
- *3 tomates fraîches,*
- *1/2 citron,*
- *sel, poivre.*

Pour la garniture :
- *250 g de spaghettis,*
- *30 g de beurre,*
- *parmesan ou gruyère râpé,*
- *sel.*

- Passez les morceaux de viande dans un peu de farine. Faites-les dorer dans une cocotte avec 50 g de beurre, sur feu assez vif. Puis ajoutez l'oignon finement haché.

- Ajoutez 1 cuillerée à soupe de concentré de tomates, 1 verre de vin blanc. Faites bouillir quelques instants. Puis mettez 3 verres d'eau, le bouquet garni, la gousse d'ail écrasée, sel et poivre. Couvrez. Laissez cuire doucement 1 h (20 min à l'autocuiseur).

- Épluchez les tomates puis coupez-les en les épépinant. Joignez-les à la viande ainsi que le zeste du citron. Laissez mijoter encore 15 min (7 min à l'autocuiseur).

- **Accompagnement :** faites cuire les spaghettis dans beaucoup d'eau bouillante salée, selon le temps indiqué sur le paquet. Égouttez-les aussitôt pour qu'ils restent fermes. Mélangez-les avec 30 g de beurre pour éviter qu'ils ne collent les uns aux autres.
- Retirez le bouquet garni de la cocotte ainsi que le zeste de citron. Hachez celui-ci. Disposez les spaghettis dans un grand plat creux et, dessus, la viande couverte de sauce et garnie du zeste de citron haché. Présentez à part le fromage râpé.

Variante : L'osso-buco peut être présenté avec du riz nature ou pilaf, voire du couscous. Des petits pois sont également agréables mélangés aux spaghettis ou au riz.

Raffinement : Arrosez la viande, quand elle est dorée, avec 1 verre à liqueur de cognac et faites flamber avant d'ajouter tous les éléments nécessaires à sa cuisson. La sauce sera encore plus savoureuse.
Et pour une présentation plus appétissante encore, mettez le plat d'osso-buco sous le gril, après l'avoir abondamment saupoudré de râpé pour obtenir un beau gratin.

LES PLATS

Paupiettes de poisson à la crème

---

*Facile - Raisonnable -
Préparation et cuisson : 25 min*

Pour 4 personnes :
- *4 filets de poisson,*
- *1 branche d'estragon,*
- *vinaigre,*
- *bouquet garni,*
- *sel, poivre.*

Pour la sauce :
- *30 g de beurre,*
- *1 cuil. à soupe très pleine de farine,*
- *1 bol de court-bouillon,*
- *2 cuil. à soupe de crème fraîche ou 1 jaune d'œuf.*

Micro-ondes : *La cuisson des paupiettes de poisson se fait très bien au micro-ondes. Pour 4 paupiettes, comptez de 2 min 30 à 3 min (puissance maximale).*

- Salez et poivrez les filets de poisson. Mettez quelques feuilles d'estragon au milieu de chacun. Roulez-les sur eux-mêmes, en paupiettes. Piquez un bâtonnet ou nouez avec un fil pour les maintenir enroulés.
- Disposez les paupiettes, bien serrées, dans un poêlon. Couvrez-les tout juste d'eau. Ajoutez un filet de vinaigre et le bouquet garni. Mettez sur feu très doux. Arrêtez juste avant l'ébullition.
- **Sauce :** délayez, sur feu doux, le beurre avec la farine. Lorsque le mélange commence à mousser,

versez-y 1 bol de court-bouillon et remuez jusqu'à épaississement. Laissez mijoter doucement 10 min environ. Incorporez 2 cuillerées à soupe de crème fraîche ou, hors du feu, 1 jaune d'œuf.

- Égouttez bien les paupiettes de poisson. Débarrassez-les des bâtonnets ou du fil. Disposez-les dans un plat. Arrosez de sauce. Servez aussitôt avec du riz nature ou des pommes vapeur.

Petit salé aux lentilles

Très facile - Raisonnable - Préparation et cuisson : 1 h 30 - Cuisson à l'autocuiseur : 25 min

Pour 4 personnes :
- *1 kg de porc demi-sel (échine ou palette),*
- *bouquet garni.*

Pour les lentilles :
- *400 g de lentilles,*
- *1 oignon,*
- *2 clous de girofle,*
- *1 gousse d'ail non pelée,*
- *1 petite carotte,*
- *bouquet garni,*
- *1 petit piment (facultatif),*
- *sel, poivre.*

- Faites dessaler la viande dans beaucoup d'eau froide renouvelée plusieurs fois. Mettez-la dans une casserole d'eau bouillante. Laissez bouillir 5 min. Égouttez.

- Remettez la viande dans la casserole avec le bouquet garni. Couvrez-la juste d'eau bouillante. Laissez bouillir doucement 1 h environ (25 min à l'autocuiseur).

- **Lentilles :** jetez-les dans une grande casserole d'eau froide. Faites bouillir 5 min. Égouttez. Remettez de l'eau à bouillir dans la casserole avec tous les ingrédients cités (sans sel). Versez-y alors les lentilles qui doivent être largement couvertes d'eau. Reportez à petite ébullition, de 15 à 20 min seulement pour qu'elles restent fermes. Salez 5 min avant la fin.

Égouttez. Ôtez les aromates de cuisson sans oublier le piment.
- Joignez les lentilles égouttées à la viande cuite mais restée dans son récipient de cuisson. Laissez mijoter ensemble de 5 à 10 min (ne mettez pas l'autocuiseur en pression car les lentilles risqueraient de s'écraser). Présentez le tout légèrement égoutté.

Mon avis
Si la viande est mise à saler depuis peu de temps, il n'est pas nécessaire de la laisser tremper. Il suffit de la rincer abondamment à l'eau froide.

Porc farci aux pruneaux suédoise

Facile - Raisonnable - Préparation et cuisson : 1 h 30

Pour 4 personnes :
- *1 rôti de porc de 1 kg,*
- *50 g de beurre,*
- *15 pruneaux environ,*
- *1 kg de pommes,*
- *sel, poivre.*

- Dénoyautez les pruneaux. Glissez-les à l'intérieur du rôti (vous en garderez quelques-uns pour fourrer les pommes). Faites dorer celui-ci de toutes parts, dans une poêle, sur feu vif, avec 30 g de beurre.
- Transvasez-le ensuite dans un plat à feu, salez et poivrez. Mettez à four chaud (th. 6/7). Au bout de 10 min, versez 1 verre d'eau bouillante dans le plat, à côté de la viande. Puis arrosez de temps en temps.
- Épluchez les pommes en les laissant entières. Retirez le cœur avec un vide-pomme pour glisser à la place 1 ou 2 pruneaux et une noisette de beurre. Disposez-les autour du rôti et laissez cuire 30 min supplémentaires. La cuisson du rôti doit durer, en tout, au moins 1 h.

LES PLATS

Pot-au-feu

---

*Facile - Raisonnable - Préparation et cuisson : 3 h 30 -
Cuisson à l'autocuiseur : 1 h*

Pour 6 ou 8 personnes :
- *500 à 750 g de plat de côtes,*
- *500 à 750 g de gîte ou de paleron,*
- *2 os, dont 1 à moelle,*
- *3 poireaux,*
- *3 carottes,*
- *2 navets,*
- *1 branche de céleri,*
- *1 oignon,*
- *3 clous de girofle,*
- *1 gousse d'ail,*
- *bouquet garni (persil, thym, laurier),*
- *sel.*

Pour servir :
- *gros sel,*
- *cornichons,*
- *6 ou 8 biscottes ou tranches de pain grillé, ou 6 ou 8 cuil. à soupe de tiapoca ou vermicelle.*

Remarques : *Trois conditions sont nécessaires pour faire un bon pot-au-feu : une quantité de viande suffisante (1 kg à 1 kg 500 minimum), moitié morceaux demi-gras (genre plat de côtes), moitié morceaux maigres (gîte, paleron, etc.) ; des légumes variés ; un temps de cuisson assez long.
Tassez quelques grains de gros sel aux extrémités de l'os à moelle avant de le faire cuire : la moelle ne s'échappera pas.
Pour que le bouillon reste bien clair, il faut veiller à ne jamais couvrir complètement la marmite.*

- Épluchez les poireaux, les carottes, les navets, le céleri. Coupez-les en quartiers. Mettez-les à bouillir dans une grande marmite (pot-au-feu) avec 3 litres d'eau, l'os sans moelle, l'oignon piqué des clous de girofle, l'ail, le bouquet garni, sel. Lorsque l'eau bout, plongez-y la viande. Laissez cuire doucement de 2 h 30 à 3 h environ (1 h à l'autocuiseur). Écumez de temps en temps. 1 h avant la fin de la cuisson, ajoutez dans la marmite l'os à moelle.
- Égouttez la viande. Mettez-la avec les légumes dans un plat chaud.
- Passez le bouillon et servez-le tel quel, soit avec 1 biscotte ou 1 tranche de pain grillé dans chaque assiette, soit encore épaissi avec du tapioca ou du vermicelle (1 cuillerée à soupe par personne) que vous aurez laissé bouillir 5 min. Présentez, à part, la viande avec du gros sel, des cornichons et l'os à moelle.

Mon avis

La viande est meilleure si vous la plongez dans l'eau bouillante. Au contraire, le bouillon aura plus de saveur si vous mettez la viande dans l'eau froide.

Potée campagnarde champenoise

Facile - Raisonnable - Cuisson : 2 h 30 environ

Pour 6 ou 8 personnes :
- *500 g de lard,*
- *500 g de carré demi-sel,*
- *6 ou 8 saucisses,*
- *250 g de jambon fumé,*
- *3 carottes,*
- *3 navets,*
- *1 chou pommé,*
- *500 g de pommes de terre,*
- *sel, poivre.*

Pour servir :
- *6 ou 8 tranches de pain de campagne.*

Remarque : *Le porc, s'il est très salé, sera préalablement mis à dessaler plusieurs heures à l'eau froide. Au besoin, renouvelez-la pour activer le dessalage.*

- Faites cuire le lard et le carré préalablement dessalés avec 4 litres d'eau. Laissez bouillir doucement 30 min. Ajoutez les carottes, les navets et le chou. Laissez cuire doucement 1 h 30. Salez légèrement.
- Mettez les pommes de terre, les saucisses et le jambon fumé. Faites cuire 30 min supplémentaires.
- Présentez le bouillon en soupière sur des tranches de pain de campagne, avec les viandes et les légumes à part.

LES PLATS

Poule au pot

Très facile - Bon marché - Préparation et cuisson : 3 h - Cuisson à l'autocuiseur : 1 h

Pour 4 ou 6 personnes :
- *1 poule,*
- *2 os de veau,*
- *1 oignon,*
- *2 clous de girofle,*
- *1 branche de céleri,*
- *4 carottes,*
- *4 navets,*
- *6 poireaux,*
- *bouquet garni,*
- *sel, poivre.*

Pour servir :
- *pain grillé,*
- *cornichons,*
- *sel.*

Remarque : *Si vous accompagnez la poule au pot de riz nature, préparez en plus une sauce blanche avec une partie du bouillon de poule dégraissé.*

- Dans une grande marmite d'eau froide, mettez les os de veau, les abattis de la poule, 1 oignon piqué de 2 clous de girofle, le céleri, le bouquet garni, sel et poivre. Laissez bouillir en écumant régulièrement.
- Plongez la poule dans le bouillon en ébullition. Laissez cuire très doucement de 2 h 30 à 3 h (1 h environ à l'autocuiseur). Ajoutez les carottes, les navets et les poireaux à mi-cuisson.
- Servez le bouillon avec du pain grillé. La poule sera présentée découpée dans un grand plat creux, entou-

rée des légumes de cuisson, de gros sel et de cornichons.

Le secret...
pour préparer la poule au pot

Une volaille faite pour supporter une douce cuisson prolongée, sans toutefois laisser détériorer sa chair ; pas trop d'eau pour la cuire ; un bouillon bien dégraissé.

Pour que la poule reste bien blanche, frottez-la entièrement de citron avant de la plonger dans le bouillon.

Pour que le bouillon ait une couleur dorée, faites colorer un gros oignon, sans matière grasse, jusqu'à ce qu'il soit très brun. Il teintera le bouillon, auquel il sera joint en début de cuisson.

LES PLATS

Poulet à l'indienne

Facile - Raisonnable - Préparation et cuisson : 1 h 10 -
Cuisson à l'autocuiseur : 20 min

Pour 4 personnes :
- *1 poulet coupé en morceaux,*
- *40 g de beurre,*
- *2 oignons,*
- *1 ou 2 cuil. à soupe de curry,*
- *farine,*
- *2 tomates,*
- *1 gousse d'ail,*
- *1 banane,*
- *1 pomme,*
- *2 cuil. à soupe de crème fraîche,*
- *bouquet garni,*
- *sel.*

- Faites chauffer le beurre dans une cocotte. Mettez-y les morceaux de poulet à revenir légèrement. Ajoutez-y les oignons hachés. Laissez cuire doucement 2 ou 3 min.

- Ajoutez 1 ou 2 cuillerées à soupe de curry (selon le goût), les tomates, puis 1 cuillerée à soupe rase de farine, l'ail, 1 grand bol d'eau, la banane et la pomme coupées en morceaux, le bouquet garni, sel. Couvrez et laissez mijoter de 45 min à 1 h (20 min à l'autocuiseur).

- Retirez le poulet cuit de la cocotte. Laissez bouillir la sauce quelques minutes à découvert pour la faire réduire un peu. Ôtez, en grande partie, la graisse qui surnage, avec une cuiller. À la dernière minute, incorporez la crème fraîche en mélangeant vivement

sur le feu avec une cuiller en bois. Retirez du feu après quelques instants d'ébullition.
- Présentez le poulet recouvert de sauce et accompagné de riz pilaf.

Raffinement : *Le riz pilaf fera davantage couleur locale si, avant de le servir, vous le parsemez d'amandes effilées légèrement dorées dans un peu de beurre et de raisins secs préalablement gonflés à l'eau tiède.*

LES PLATS

Poulet basquaise

Facile - Bon marché - Préparation et cuisson : 1 h 15

Pour 4 personnes :
- *1 kg 200 environ de morceaux de poulet,*
- *5 cuil. à soupe d'huile,*
- *1 kg de tomates,*
- *250 g de poivrons,*
- *2 ou 3 oignons,*
- *2 ou 3 gousses d'ail,*
- *250 g de riz,*
- *sel, poivre.*

Remarques : *Il faut bien assaisonner, bien poivrer et même pimenter : un peu de piment fort est apprécié des amateurs. Pour avoir une présentation plus soignée, tassez le riz dans un verre bien beurré et démoulez autour du poulet disposé dans le plat.*

- Plongez les tomates quelques secondes dans de l'eau bouillante. Pelez-les et coupez-les en morceaux. Épépinez les poivrons. Hachez-les grossièrement ainsi que les oignons.
- Faites dorer les morceaux de poulet dans une cocotte avec 3 cuillerées à soupe d'huile. Ajoutez-y les oignons, puis les tomates, les poivrons, l'ail haché, sel, poivre. Laissez mijoter de 45 à 50 min, couvert à demi.
- 20 min avant de servir, préparez le riz. Faites chauffer dans une casserole 2 cuillerées à soupe d'huile. Jetez-y le riz. Mélangez bien. Ajoutez-y le double de son volume d'eau, sel, poivre. Couvrez. Laissez mijo-

ter de 17 à 20 min jusqu'à absorption complète du liquide.
- Mettez le riz dans un plat creux chaud et disposez le poulet basquaise dessus.

Mon avis

Il vous reste du poulet rôti froid et vous aimeriez le servir chaud. Préparez donc une fondue de légumes (tomates, poivrons, etc.) comme dans la recette du poulet basquaise. En fin de cuisson, vous y ajouterez votre reste de poulet froid pour le réchauffer au micro-ondes. C'est excellent !

LES PLATS

Raie grenobloise

Facile - Bon marché - Préparation et cuisson : 30 min

Pour 4 personnes :
- *1 raie de 1 kg coupée en 4,*
- *6 cuil. à soupe de vinaigre,*
- *2 tranches de pain de mie,*
- *1/2 citron,*
- *persil,*
- *40 g de câpres,*
- *100 g de beurre,*
- *sel.*

Remarque : *Ne laissez pas trop brunir le pain. Il est bon tout juste blondi.*

- Lavez la raie, puis mettez-la dans une grande casserole. Recouvrez d'eau froide salée et vinaigrée (5 cuillerées à soupe). Portez doucement à ébullition. Écumez. Laissez pocher 15 min dans l'eau juste frémissante.
- Pendant la cuisson de la raie, coupez le pain en petits dés. Pelez le citron et coupez-le en rondelles. Hachez le persil.
- Égouttez la raie. Retirez-en la peau des deux côtés. Déposez le poisson dans un plat chaud. Parsemez de câpres, de persil haché et de morceaux de citron. Tenez au chaud.
- Faites fondre le beurre dans une poêle. Mettez-y les dés de pain à dorer assez rapidement. Versez le tout sur la raie. Remettez la poêle sur le feu avec 1 cuillerée à soupe de vinaigre. Laissez bouillir un instant. Arrosez-en la raie et servez.

Ratatouille niçoise

*Très facile - Bon marché -
Préparation et cuisson : 1 h 30 à 2 h*

Pour 4 personnes :
- *3 gros oignons,*
- *4 aubergines,*
- *4 courgettes,*
- *500 g de tomates,*
- *2 poivrons,*
- *1 verre d'huile d'olive,*
- *2 gousses d'ail,*
- *bouquet garni (persil, thym, laurier),*
- *sel, poivre.*

Remarques : *Mélangez la ratatouille pendant la cuisson ou modérez la chaleur, car elle a tendance à attacher au fond de la cocotte, surtout en raison de la présence des aubergines.*

- Épluchez et coupez les oignons en lamelles, les aubergines, les courgettes, les tomates en morceaux, et les poivrons, épépinés, en lanières.
- Faites chauffer 1 verre d'huile d'olive dans une cocotte. Jetez-y d'abord les oignons en lamelles et, 1 min après, tous les morceaux de légumes, avec les gousses d'ail, le bouquet garni, sel, poivre. Couvrez. Laissez mijoter de 1 h à 1 h 30. Si le jus est trop abondant, découvrez à mi-cuisson. Retirez l'ail et le bouquet garni avant de servir.

MON AVIS
Vous pouvez servir la ratatouille très froide, en hors-d'œuvre. Cependant, méfiez-vous car, alors, elle est un peu plus indigeste que chaude.

LES PLATS

Rôti de porc braisé

---

*Facile - Raisonnable - Préparation et cuisson : 1 h 30 -
Cuisson à l'autocuiseur : 40 min*

Pour 4 personnes :
- *1 kg de porc,*
- *30 g de beurre,*
- *2 cuil. à soupe de vin blanc sec,*
- *2 oignons,*
- *bouquet garni,*
- *sel, poivre.*

- Faites chauffer 30 g de beurre dans une cocotte. Mettez-y le rôti à dorer sur feu assez vif.
- Ajoutez les oignons coupés en quatre pour qu'ils dorent à leur tour. Versez ensuite 2 cuillerées à soupe de vin blanc sec et autant d'eau bouillante. Mettez le bouquet garni, sel, poivre. Couvrez et laissez cuire doucement de 1 h 15 à 1 h 30 (40 min à l'autocuiseur). Retournez la viande plusieurs fois.

LE SECRET...
DU RÔTI DE PORC MOELLEUX ET ROSÉ
DU CHARCUTIER

Il réside dans sa cuisson menée de façon assez particulière. Faites bien dorer le rôti avec du beurre. Ajoutez ensuite des oignons piqués de clous de girofle, 1 carotte, 1 gousse d'ail, 1 bouquet garni, de l'eau chaude à hauteur de la viande. Couvrez. Laissez cuire le temps voulu. Attendez que le rôti soit tout à fait refroidi pour l'égoutter et le découper.

Rougets à la provençale

Facile - Cher - Préparation et cuisson : 35 min

Pour 4 personnes :
- 4 rougets-barbets,
- 400 g de tomates fraîches,
- 80 g de beurre,
- 1 oignon,
- 1 gousse d'ail,
- 1/2 verre de lait,
- 1 grosse cuil. à soupe de farine,
- 8 olives vertes,
- 8 filets d'anchois,
- 1 citron (jus),
- sel, poivre.

Remarques : *Il n'est pas indispensable de passer le poisson dans le lait, mais il faut toujours le fariner avant de le cuire à la poêle.*
S'ils sont bien frais, il est inutile et même déconseillé de vider les rougets. L'intérieur donne bon goût à la chair.

- Plongez les tomates 1 min dans l'eau bouillante. Pelez-les. Pressez-les par moitié pour en éliminer le jus et les pépins. Coupez-les en morceaux. Mettez-les dans une casserole avec une noix de beurre, l'oignon et l'ail hachés, sel, poivre. Laissez cuire, sur feu moyen, de 8 à 10 min.
- Lavez et essuyez les rougets. Passez-les dans le lait salé et poivré, puis dans la farine. Faites-les cuire, dans une poêle, avec 50 g de beurre, sur feu moyen, 5 min sur chaque face.
- Présentez les rougets dans un grand plat chaud. Versez la « fondue » de tomates tout autour. Mettez

les olives ébouillantées, dénoyautées et encerclées de filets d'anchois, sur les poissons. Arrosez de beurre fondu et de jus de citron avant de servir.

Roussette au court-bouillon, sauce aux câpres

Facile - Bon marché - Préparation et cuisson : 45 min

Pour 4 personnes :
• *1 kg de roussette.*

Pour le court-bouillon :
• *1 cuil. à soupe de vinaigre,*
• *1 carotte,*
• *1 oignon,*
• *2 clous de girofle,*
• *bouquet garni (persil, thym, laurier),*
• *sel, poivre.*

Pour la sauce aux câpres :
• *30 g (1 cuil. à soupe très pleine) de farine,*
• *1/2 litre de court-bouillon de poisson,*
• *40 g de beurre,*
• *1 à 2 cuil. à soupe de câpres,*
• *1 jaune d'œuf.*

Remarque : *La roussette, appelée également saumonette ou chien de mer, est un des poissons les plus avantageux : elle ne coûte pas cher et ne laisse pas de déchets. De plus, elle est sans arête.*

- **Court-bouillon :** faites bouillir 30 min 2 litres d'eau vinaigrée avec la carotte coupée en deux, l'oignon piqué de 2 clous de girofle, le bouquet garni, sel, poivre. Puis laissez tiédir.
- Plongez le poisson dans le court-bouillon et remet-

tez sur feu moyen. Juste avant l'ébullition, réglez sur feu très doux et laissez frissonner 10 min.

- **Sauce aux câpres :** faites fondre, sur feu doux, 30 g de beurre. Ajoutez-y 1 cuillerée à soupe de farine. Délayez sur le feu quelques secondes jusqu'à ce que le mélange soit mousseux. Ajoutez-y 1/2 litre de court-bouillon de poisson. Mélangez jusqu'à épaississement. Laissez cuire 10 min environ sur feu doux. Hors du feu, incorporez une noix de beurre, le jaune d'œuf et les câpres.

- Égouttez soigneusement le poisson. Mettez-le dans un plat chaud et recouvrez-le de sauce.

Mon avis

Le jaune d'œuf n'est pas indispensable. Si vous le supprimez, mettez à la place un peu de crème fraîche épaisse.

Saumon frais grillé

Très facile - Cher - Préparation et cuisson : 25 min

Pour 4 personnes :
- *4 tranches ou darnes (800 g environ) de saumon,*
- *2 cuil. à soupe de farine,*
- *2 cuil. à soupe d'huile,*
- *100 g de beurre,*
- *1 citron (jus),*
- *persil,*
- *sel, poivre.*

Remarques : *Si vous utilisez un gril de contact, déposez-y les tranches de poisson lorsqu'il est très chaud. Faites pivoter les tranches pour marquer la chair d'un quadrillage. Laissez cuire encore 3 ou 4 min. Puis retournez les morceaux et faites cuire sur l'autre face de la même façon.*
Vous pouvez présenter avec le saumon du beurre fondu ou de la sauce béarnaise ; il en existe de toutes prêtes, en tube.

- Allumez le gril du four. Salez, poivrez et farinez légèrement les tranches de poisson. Badigeonnez-les d'huile sur les deux faces.
- Déposez-les sur la grille posée elle-même sur la plaque creuse du four (lèchefrite). Glissez le tout sous le gril et faites cuire de 5 à 8 min sur chaque face, suivant l'épaisseur des tranches.
- Mettez les saumons dans un joli plat. Servez avec du beurre maître d'hôtel (beurre malaxé avec du persil et du jus de citron).

Mon avis

Ouvrez les fenêtres toutes grandes lorsque vous faites griller un aliment, du poisson en particulier. Vous ferez brûler ensuite une pelure de pomme ou d'orange pour couvrir l'odeur ou vous vaporiserez un produit désodorisant.

Sauté de veau à la mentonnaise

*Très facile - Bon marché - Préparation et cuisson : 2 h 15 -
Cuisson à l'autocuiseur : 35 min*

Pour 4 personnes :
- 1 kg 500 de tendron coupé en 8,
- 100 g d'olives vertes dénoyautées,
- 500 g de tomates,
- 40 g de beurre,
- 1 cuil. à soupe rase de farine,
- 1 oignon,
- bouquet garni,
- clou de girofle,
- 2 gousses d'ail,
- 1 verre de vin blanc sec,
- persil haché,
- sel, poivre.

- Mettez les olives dans une casserole d'eau froide. Portez doucement à ébullition. Égouttez aussitôt afin de les dessaler en partie et de leur ôter de l'âcreté. Épluchez les tomates. Coupez-les et videz-les de leur jus pour n'utiliser que la pulpe.
- Faites revenir la viande dans une cocotte avec 40 g de beurre. Saupoudrez de 1 cuillerée à soupe rase de farine. Mélangez sur feu vif. Ajoutez les tomates, les olives, l'oignon piqué du clou de girofle, le bouquet garni, l'ail, 1 verre de vin blanc, très peu de sel mais pas mal de poivre. Couvrez. Laissez mijoter 1 h 45 (35 min à l'autocuiseur).
- Saupoudrez la viande de persil haché juste avant de la servir avec du riz nature ou des pâtes au beurre.

Le secret...
d'un sauté à base de tomates fraîches
qui ne nage pas dans le jus

Les tomates, choisies mûres à point, sont entièrement vidées de leur eau et de leurs pépins. Cela se fait en même temps qu'on les pèle et qu'on les coupe.

Sauté de veau Marengo

*Facile - Raisonnable -
Préparation et cuisson : 1 h 50*

Pour 4 personnes :
- *1 kg environ d'épaule, de flanchet ou de tendron coupé en morceaux,*
- *50 g de beurre,*
- *3 échalotes,*
- *1 petite carotte,*
- *30 g (1 cuil. à soupe très pleine) de farine,*
- *2 cuil. à soupe de concentré de tomates,*
- *1/4 de litre de vin blanc sec,*
- *2 gousses d'ail,*
- *125 g de champignons de Paris,*
- *bouquet garni (persil, thym, laurier),*
- *sel, poivre.*

Remarque : *À la saison des tomates, mettez des tomates fraîches dans ce plat. Ajoutez-y, tout de même, un peu de concentré pour en renforcer le goût.*

- Faites chauffer 50 g de beurre dans une cocotte. Mettez-y la viande à dorer de toutes parts. Ajoutez les échalotes hachées et la carotte coupée en dés. Saupoudrez de farine. Mélangez avec une cuiller en bois jusqu'à ce que la farine blondisse.
- Mettez ensuite le concentré de tomates, 1/4 de litre de vin blanc, 1/4 de litre d'eau, les gousses d'ail, le bouquet garni, sel, poivre. Couvrez. Laissez mijoter sur feu doux 1 h 30 environ.

- Pendant ce temps, ôtez le pied sableux des champignons. Lavez-les et coupez-les en lamelles. Égouttez la viande. Passez la sauce. Remettez le tout dans la cocotte avec les champignons. Couvrez. Laissez cuire encore 10 min. Servez dans un plat de service chaud.

Mon avis

La sauce du veau Marengo doit être bien onctueuse et « courte ». Si elle vous paraît trop liquide à la fin de la cuisson, retirez les morceaux de viande et faites-la bouillir quelques minutes sans couvrir. Une fois la sauce réduite, vous pourrez y ajouter les champignons et verser le tout sur la viande. J'ajouterai que le vin blanc sec indiqué dans la recette peut toujours être remplacé par une quantité équivalente d'eau ou de bouillon de viande sans grand dommage pour la saveur du plat.

Pot-au-feu • Page 107

Bourguignon • Page 61

Poule au pot • Page 110

Petit salé aux lentilles • Page 104

LES PLATS

Steak flambé au poivre

Facile - Cher - Préparation et cuisson : 50 min

Pour 4 personnes :
- *4 steaks de 200 g chacun (filet, romsteck),*
- *1 cuil. à soupe de poivre en grains,*
- *25 g de beurre,*
- *3 cuil. à soupe de cognac,*
- *sel.*

Pour le fond de sauce :
- *voir p. 132, « Tournedos Rossini ».*

- Préparez le fond de sauce selon la recette p. 132.
- Écrasez le poivre grossièrement à l'aide d'un rouleau à pâtisserie ou avec le fond d'une casserole épaisse. Enrobez-en la viande entièrement.
- Faites cuire les steaks à la poêle, sur feu vif, avec 25 g de beurre. Tenez-les au chaud.
- Videz la poêle sans la laver. Versez le cognac dedans, reportez sur feu vif et faites flamber. Ajoutez le fond de sauce passé. Faites bouillir. Versez un peu de sauce sur chaque steak, et le reste en saucière.
- Présentez avec des pommes dauphine ou des chips.

Remarque : *Le poivre ainsi concassé « en mignonnette » est bien moins piquant que finement pulvérisé par le moulin à poivre. Le secret... des steaks au poivre qui restent enrobés de poivre après cuisson : ils sont saisis sur feu très vif au départ. C'est une condition essentielle pour que le poivre concassé « tienne » à la viande.*

LES PLATS

Thon bonne femme

Très facile - Raisonnable - Préparation et cuisson : 1 h - Cuisson à l'autocuiseur : 15 min

Pour 4 personnes :
- *1 tranche de thon de 800 g,*
- *50 g de beurre,*
- *huile,*
- *5 oignons,*
- *1 cuil. à soupe rase de farine,*
- *4 tomates,*
- *2 verres de vin blanc sec,*
- *4 cornichons,*
- *bouquet garni,*
- *persil,*
- *sel, poivre.*

- Faites dorer le thon des deux côtés dans la cocotte avec 20 g de beurre et un peu d'huile. Retirez-le.
- À la place, mettez les oignons coupés en lamelles et 30 g de beurre. Faites cuire doucement quelques instants sans laisser colorer. Saupoudrez de 1 cuillerée à soupe de farine. Mélangez. Ajoutez les tomates coupées en morceaux, 2 verres de vin blanc et autant d'eau, le bouquet garni, sel, poivre. Remettez le thon. Fermez la cocotte. Laissez mijoter 45 min (15 min à l'autocuiseur).
- Présentez le thon arrosé de sauce, parsemé de cornichons coupés en rondelles et de persil haché. Accompagnez-le de pommes de terre cuites à l'eau.

Le saviez-vous ? *: Le thon est saisonnier, de mai à octobre/novembre. Il est pêché dans les mers chaudes et tempérées : côtes de la Méditerranée, golfe de Gascogne.*

Il en existe plusieurs variétés : le thon blanc germon remonte sur les côtes bretonnes, ce qui n'est pas le cas du thon rouge que l'on pêche sur les côtes, plus chaudes, de Méditerranée ou du Pays basque, ni du petit thon, thoune ou thounine, pêché aux alentours de Nice et de Sète.

Tournedos Rossini

Facile - Cher - Préparation et cuisson : 1 h

Pour 4 personnes :
- *4 tournedos (filet) épais,*
- *70 g de beurre,*
- *4 tranches de pain de mie rond,*
- *4 tranches de foie gras (ou de mousse),*
- *4 lamelles de truffe,*
- *1/2 verre de porto,*
- *sel, poivre.*

Pour le fond de sauce :
- *1 os de veau,*
- *30 g d'huile,*
- *1 carotte,*
- *1 oignon,*
- *farine,*
- *vin blanc sec,*
- *1/2 cuil. à café de concentré de tomates,*
- *bouquet garni,*
- *sel, poivre.*

Solution express : *Pour vous faire gagner du temps, vous pouvez utiliser un fond de sauce tout préparé, en flacon, boîte, ou surgelé.*

- **Fond de sauce :** faites revenir dans un fait-tout, sur feu vif, l'os de veau brisé en deux par le boucher, la carotte et l'oignon coupés en dés, avec un peu d'huile. Saupoudrez de 1 cuillerée à café de farine. Mélangez jusqu'à épaississement. Ajoutez 1/2 verre de vin blanc, 1 verre d'eau, le concentré de tomates, le bouquet garni, sel, poivre. Remuez jusqu'à ébullition. Laissez mijoter sur feu très doux, sans couvrir, 30 min environ.

- Faites dorer les tranches de pain de mie, des deux côtés, avec 40 g de beurre. Tenez-les au chaud.

- Faites cuire les tournedos à la poêle avec 30 g de beurre, sur feu vif, environ 2 min sur chaque face. Salez et poivrez. Déposez-les sur les tranches de pain dorées. Ajoutez sur chacun 1 fine tranche de foie gras et 1 lamelle de truffe. Gardez au chaud dans le four tiède.

- Versez le porto dans la poêle, sur le feu. Grattez le fond avec une cuiller en bois pour délayer les sucs de la viande. Ajoutez-y le fond de sauce passé. Goûtez pour vous assurer de l'assaisonnement. Versez un peu de sauce sur les tournedos et présentez le reste dans une saucière chaude.

Truites meunière

Facile - Cher - Préparation et cuisson : 30 min

Pour 4 personnes :
- *4 truites,*
- *1 verre de lait,*
- *50 g de farine,*
- *40 g de beurre,*
- *1 citron,*
- *sel, poivre.*

Remarques : *Ne négligez pas de fariner les truites, sinon elles attacheraient dans la poêle ou leur peau éclaterait ; la farine les protège en formant une croûte.*
Le lait n'est pas indispensable mais conseillé.
On n'écaille pas les truites, il suffit de bien les essuyer.

- Videz et essuyez soigneusement les truites avec du papier absorbant. Passez-les dans le lait bien salé et poivré puis dans la farine.
- Dans une grande poêle, faites chauffer 40 g de beurre. Mettez-y les poissons à dorer, sur feu moyen, de 7 à 8 min sur chaque face. Surveillez bien cette cuisson qui est assez délicate. Veillez à ne pas piquer les poissons pour les retourner.
- Servez bien chaud avec des rondelles de citron.

LES DESSERTS

LES DESSERTS

Bavarois aux fraises

Difficile - Raisonnable - Préparation et cuisson : 30 min - Réfrigération : 12 h au moins

Pour 6 personnes :
- *750 g de fraises ou de framboises bien mûres (ou surgelées),*
- *1 citron (jus),*
- *6 ou 7 feuilles de gélatine,*
- *400 g de crème fraîche,*
- *sucre en poudre.*

Pour le sirop :
- *200 g de sucre.*

Pour la cuisson :
- *1 moule à charlotte ou à soufflé de 20 à 22 cm de diamètre.*

Remarque : *Pour ramollir la gélatine, placez les feuilles dans de l'eau froide (5 min). Déposez les feuilles ramollies à plat, côte à côte, sur un torchon. Épongez-les.*
Incorporez-les, une à la fois, dans la crème très chaude, en évitant de les y mettre en tas. Tournez rapidement à la cuiller en bois. Ainsi vous n'aurez pas de grumeaux.

Congélation : *Le bavarois est un entremets classique froid, moulé et solidifié, qui se prête très bien à la congélation. Conservez-le hermétiquement enveloppé. Il faudra penser à le transférer dans le réfrigérateur pour qu'il décongèle doucement.*

- **Sirop :** mélangez dans une casserole 1/3 de litre d'eau et 200 g de sucre, tout en faisant chauffer jusqu'à forte ébullition. Retirez du feu aussitôt.
- Écrasez les fraises au mixeur ou à la Moulinette. Passez-les au tamis pour en éliminer les petits grains. Mélangez cette fine purée avec le sirop très chaud et le jus de citron.
- Faites ramollir dans de l'eau froide les feuilles de gélatine, côte à côte. Égouttez-les et épongez-les à plat. Mélangez-les à la préparation aux fraises bien chaude, sans les mettre en paquet, tout en tournant vigoureusement. Laissez refroidir.
- **Crème fouettée :** battez la crème fraîche jusqu'à ce qu'elle soit très mousseuse et assez ferme pour tenir solidement aux branches du fouet. Incorporez intimement le tout (sauf 1 tasse pour le décor final) à la préparation aux fraises.
- Humectez le moule d'eau froide. Saupoudrez-le très légèrement de sucre. Versez la crème à bavarois dedans. Couvrez et placez 12 h au réfrigérateur.
- Avant de servir, plongez le fond du moule dans de l'eau chaude, juste quelques instants, et retournez le bavarois dans un plat rond. Décorez avec quelques touches de crème fouettée et, si possible, quelques fraises.

Biscuit roulé à la confiture

*Difficile - Bon marché -
Préparation et cuisson : 30 min*

Pour 4 personnes :
- *3 œufs,*
- *100 g (6 cuil. à soupe) de sucre en poudre,*
- *80 g (3 cuil. à soupe pleines) de farine,*
- *1 pincée de sel.*

Pour la garniture :
- *1/2 pot environ de confiture.*

Remarques : *Pour obtenir une pâte plus moelleuse, incorporez 50 g de beurre juste fondu après avoir ajouté la farine et les blancs d'œufs. La cuisson est légèrement plus longue.*
La difficulté réside dans la cuisson et le pliage du gâteau. La cuisson doit être très rapide pour que la pâte, très fine, n'ait pas le temps de dessécher. Avant de rouler le gâteau, laissez le couvercle dessus quelques instants, de façon que la vapeur pénètre dans la pâte et la conserve souple. Elle sera ainsi plus facile à rouler.

- Cassez les œufs en séparant les blancs des jaunes. Mettez les jaunes d'œufs et le sucre dans un bol. Travaillez-les jusqu'à ce que le mélange blanchisse et retombe en ruban souple lorsqu'on le soulève.
- Préchauffez le four. Salez légèrement les blancs d'œufs. Battez-les en neige ferme.
- Au mélange sucre-jaunes, incorporez délicatement

mais rapidement la moitié de la farine, puis la moitié des blancs en neige, le reste de farine et enfin le reste des blancs.

- Placez un papier blanc beurré dans le fond du couvercle d'une grande boîte à biscuits. Versez-y la pâte (environ 1 cm d'épaisseur). Égalisez-la. Faites cuire à four très chaud (th. 8/9) de 5 à 10 min.

- Renversez le biscuit au sortir du four sur un torchon. Décollez le papier. Étalez rapidement la confiture dessus. Roulez le biscuit aussitôt, en veillant à ne pas le casser.

Bûche de Noël meringuée

*Très facile - Raisonnable -
Préparation et cuisson : 45 min - Réfrigération : 12 h*

Pour 8 personnes :
- 500 g de biscuits à la cuiller,
- 1/2 verre de kirsch ou de rhum,
- 1/2 pot de confiture de fraises ou de framboises,
- 1 paquet de fraises ou de framboises surgelées.

Pour la meringue :
- 2 blancs d'œufs,
- 1 pincée de sel,
- 4 cuil. à soupe bombées de sucre en poudre.

Pour le décor :
- fleurs, petits sujets, etc., en sucre.

Pour la réalisation :
- 1 moule rectangulaire assez long et étroit,
- 1 large feuille d'aluminium,
- 1 plat de présentation supportant la chaleur du four.

Remarque : *Attendez que le four soit bien chaud pour y mettre la bûche enduite de meringue. Elle ne doit pas y rester longtemps, sinon la confiture dont elle est fourrée coulera à l'extérieur.*

- La veille, placez une grande feuille d'aluminium dans le moule en la faisant déborder très largement.

Versez le kirsch ou le rhum et un peu d'eau dans une assiette creuse. Trempez-y rapidement les biscuits et disposez-les en couches dans le moule. Étalez sur chaque couche de la confiture et des fruits surgelés. Quand le moule est plein, tassez bien. Repliez la feuille d'aluminium pour enfermer le tout. Mettez au réfrigérateur jusqu'au lendemain.
- Le jour même, allumez le four (th. 7/8).
- **Meringue :** fouettez les blancs d'œufs légèrement salés. Quand ils sont mousseux, saupoudrez-les de 2 cuillerées à soupe de sucre, tout en continuant de battre. Quand les blancs sont très fermes, incorporez-y le reste du sucre en deux ou trois fois. Fouettez encore jusqu'à ce que vous obteniez une mousse lisse et luisante, tenant solidement aux branches du fouet.
- Démoulez le gâteau dans un plat de présentation supportant le four. Enduisez-le d'une épaisse couche de meringue, sans l'égaliser. Glissez le tout dans le four chaud (th. 7/8) pour sécher rapidement la meringue, qui doit dorer légèrement, sans plus. Laissez refroidir. Plantez-y quelques fleurs en sucre, houx, petits sujets et autres pour donner un air de fête.

LES DESSERTS

Clafoutis aux cerises

Très facile - Économique - Préparation et cuisson : 1 h

Pour 4 personnes :
- *2 cuil. à soupe bombées de farine,*
- *4 cuil. à soupe de sucre,*
- *2 pincées de sel,*
- *3 œufs,*
- *35 g de beurre,*
- *2 verres de lait,*
- *500 g de cerises (noires de préférence).*

Pour la cuisson :
- *1 plat à feu moyen.*

- Allumez le four (th. 6/7).
- Mélangez au batteur électrique la farine, le sucre, sel, les œufs, 25 g de beurre fondu et 2 verres de lait tiède, pour obtenir une pâte lisse et liquide.
- Beurrez le plat de cuisson. Disposez dedans les cerises non dénoyautées. Versez la pâte dessus. Glissez à mi-hauteur du four chaud (th. 6/7) et faites cuire 45 min environ.
- Servez tiède ou froid dans le plat de cuisson. Vous pouvez parsemer le clafoutis de sucre en poudre avant de le présenter.

Variante : *Toutes les variétés de prunes, poires et pommes conviennent également pour le clafoutis. C'est une façon économique et savoureuse d'employer les fruits de saison.*

MON AVIS

Le clafoutis classique se fait avec des cerises noires mais il est également très bon avec des montmorency (cerises aigres). Si vous avez de jeunes enfants, vous préférerez sans doute dénoyauter les fruits. Cependant, les cerises avec leur noyau donnent au clafoutis une saveur incomparable.

Far breton

Très facile - Économique - Préparation et cuisson : 1 h 30 - Macération : 5 h

Pour 4 à 6 personnes :
- *250 g de pruneaux,*
- *3 ou 4 cuil. à soupe de rhum,*
- *5 cuil. à soupe pleines de farine,*
- *1/2 cuil. à café de sel,*
- *3 cuil. à soupe pleines de sucre en poudre,*
- *3 œufs,*
- *1/2 litre de lait,*
- *30 g de beurre.*

Pour la cuisson :
- *1 plat à feu moyen (Pyrex, terre ou fonte).*

Remarque : *Le far est meilleur tiède que tout à fait froid. Et comme il est assez difficile à démouler, il est admis de le présenter dans le plat de cuisson, que vous choisirez joli !*

- Dénoyautez les pruneaux. Mettez-les dans un petit bol, arrosés de rhum. Couvrez-les et laissez-les macérer jusqu'à utilisation.
- Allumez le four (th. 6/7).
- Mélangez, dans un saladier, la farine, 1/2 cuillerée à café de sel, le sucre et les œufs. Incorporez le lait moyennement chaud, au batteur électrique, pour obtenir une pâte lisse et fluide. Ajoutez les pruneaux et le rhum de macération.
- Beurrez le plat de cuisson. Versez-y la pâte (sur 3 ou 4 cm d'épaisseur).

- Enfournez à mi-hauteur du four chaud (th. 6/7) et laissez cuire 1 h. À mi-cuisson, réduisez un peu la température (th. 5/6). Servez le far, tiède ou froid, dans son plat de cuisson.

Mon avis

Si vous utilisez des pruneaux très secs, laissez-les tremper 12 h dans de l'eau ou, mieux, dans du rhum.

Galette des rois

Difficile - Raisonnable - Préparation et cuisson : 1 h - Réfrigération : 2 h

Pour 6 personnes :
Pour la pâte feuilletée :
- *250 g de farine,*
- *1/2 cuil. à café de sel,*
- *200 g de beurre.*

Pour la frangipane :
- *1 œuf,*
- *2 cuil. à soupe de sucre,*
- *20 g de beurre ramolli,*
- *2 cuil. à soupe de poudre d'amandes,*
- *2 cuil. à soupe de rhum.*

Pour le décor :
- *sucre glace,*
- *1 fève.*

Remarque : *C'est avant la cuisson qu'il faut introduire la fève, soit en pratiquant une petite incision sous la galette, soit en la glissant entre les deux disques de pâte.*

Solution express : *Pour gagner du temps, achetez 500 g de pâte feuilletée surgelée.*

- **Pâte feuilletée :** travaillez du bout des doigts la farine, sel, et 100 g de beurre ramolli pour obtenir un mélange sableux. Mélangez-y 10 cl d'eau froide, rapidement pour ne pas donner d'élasticité à la pâte.

Mettez en boule, couvrez et laissez 1 h au réfrigérateur, ainsi que 100 g de beurre.

- Au bout de ce temps, déposez le beurre froid entre deux feuilles de papier sulfurisé. Étalez-le régulièrement avec le rouleau à pâtisserie sur 1/2 cm d'épaisseur.
- Étalez la pâte sur une planche farinée, en un rectangle d'une épaisseur régulière de 1/2 cm. Déposez la plaque de beurre sur les 2/3 de la pâte. Repliez celle-ci en trois. Faites-la pivoter de 1/4 de tour sur elle-même. Allongez-la à nouveau et pliez-la en quatre, les deux extrémités repliées vers le centre, le tout refermé comme un livre. Faites à nouveau pivoter de 1/4 de tour. Étalez la pâte en un long rectangle. Repliez-la en deux, puis encore en deux. Couvrez et remettez au réfrigérateur 1 h.
- Partagez la pâte en deux, étalez-la en deux cercles égaux. Remettez au froid.
- Allumez le four (th. 8/9).
- **Frangipane :** cassez l'œuf en séparant le jaune du blanc. Malaxez le sucre, le beurre ramolli, le jaune d'œuf, la poudre d'amandes et le rhum.
- Humectez la plaque du four. Déposez un disque de pâte dessus. Badigeonnez le tour sur 1 cm de blanc d'œuf battu. Mettez la frangipane au centre, par petites noix, sans l'étaler. Recouvrez avec le second disque. Pressez le bord extérieur pour coller les deux épaisseurs de pâte. Incisez profondément en biais le bord, à petits coups de couteau. Humectez le dessus

avec du blanc d'œuf et tracez quelques motifs à la pointe du couteau.
- Faites cuire à four très chaud (th. 8/9) 30 min environ. Un peu avant la fin, saupoudrez de sucre glace. Remettez dans le four très chaud en surveillant car la coloration est très rapide. Servez tiède ou réchauffé.

LES DESSERTS

Gâteau caramélisé aux abricots

---

*Très facile - Raisonnable -
Préparation et cuisson : 1 h*

Pour 6 à 8 personnes :
- *500 g d'abricots frais.*

Pour la pâte :
- *100 g de sucre en poudre,*
- *1/2 paquet de sucre vanillé,*
- *2 œufs,*
- *100 g de farine,*
- *1 cuil. à café rase de levure en poudre,*
- *100 g de beurre ramolli,*
- *1/4 de cuil. à café de sel.*

Pour le caramel :
- *4 cuil. à soupe de sucre,*
- *1 quartier de citron.*

Pour la cuisson :
- *1 moule à manqué antiadhésif de 20 à 22 cm de diamètre.*

Solution express : Utilisez du caramel déjà tout préparé.

- **Caramel :** faites chauffer, dans le moule, 4 cuillerées à soupe de sucre et 2 cuillerées à soupe d'eau jusqu'à coloration dorée. Ajoutez le jus de citron. Faites aussitôt voyager ce caramel liquide à l'intérieur du moule pour en recouvrir les parois.
- Allumez le four (th. 6/7).
- **Pâte :** dans un grand bol, fouettez à l'aide du bat-

teur le sucre en poudre, le sucre vanillé et les œufs entiers. Battez assez longtemps pour obtenir une crème lisse et blanchâtre. Ajoutez-y ensuite la farine, la levure, le beurre coupé en dés, sel. Mélangez bien le tout sans trop insister.
- Lavez les abricots. Coupez-les en deux et dénoyautez-les. Disposez-les, côte à côte, dans le moule caramélisé, partie coupée contre le fond. Versez la pâte dessus.
- Faites cuire dans le four chaud (th. 6/7) de 45 à 50 min. Couvrez d'une feuille d'aluminium en fin de cuisson si nécessaire. Démoulez au sortir du four et laissez refroidir sur une grille.

Variante : *Pour changer, vous pouvez préparer ce gâteau avec des ananas au sirop. Utilisez alors un peu de sirop de la boîte pour mouiller le sucre du caramel.*

Génoise

Facile - Raisonnable - Préparation et cuisson : 1 h

Pour 6 à 8 personnes :
- 4 œufs,
- 125 g de sucre,
- 1/2 sachet de sucre vanillé,
- 1 pincée de sel,
- 60 g de farine,
- 60 g de fécule ou de Maïzena,
- 1/3 de cuil. à café de levure chimique,
- 40 g de beurre.

Pour la cuisson :
- 1 moule à manqué de 22 cm de diamètre ou 1 moule à cake de 25 cm.

Congélation : *La génoise peut être mise à congeler, hermétiquement enveloppée. Laissez-la revenir très lentement à la température normale sans la retirer de son enveloppe.*

- Dans le bol d'un mixeur, mettez les œufs entiers, le sucre et le sucre vanillé, la pincée de sel. Plongez le bol (sur 3 ou 4 cm) dans un bain-marie chaud, sur feu moyen. Fouettez au batteur électrique assez longuement pour obtenir un mélange mousseux, légèrement chaud et ayant doublé de volume.
- Transvasez le mélange dans un grand saladier. Fouettez-le jusqu'à refroidissement. Allumez le four (th. 6/7).
- Passez ensemble la farine, la fécule et la levure à travers un tamis. Incorporez-les au mélange précédent à

l'aide d'une spatule, en coupant et en enrobant la masse pour ne pas la faire retomber.
- Faites fondre le beurre dans le moule. Incorporez-le rapidement au mélange, sans insister. Farinez légèrement le moule, emplissez-le de pâte. Enfournez à mi-hauteur du four chaud (th. 6/7) et laissez cuire de 45 à 50 min.
- Démoulez la génoise au sortir du four et laissez-la refroidir sur une grille.

Mon avis

Le tamisage de la farine (recommandé pour toute la pâtisserie) n'est jamais une opération inutile. Pour tamiser, il suffit de verser la farine dans une fine passoire métallique et de la secouer au-dessus de la terrine où se travaille la pâte.

Kouglof

*Difficile - Raisonnable - Préparation et cuisson : 1 h -
Repos de la pâte : 2 h à 2 h 30*

Pour 4 à 6 personnes :
- *2 poignées de raisins secs,*
- *1 verre à liqueur de rhum,*
- *20 g de levure fraîche ou 1 sachet de levure sèche de boulanger,*
- *1 tasse à thé de lait,*
- *250 g de farine,*
- *12 amandes décortiquées,*
- *60 g de sucre en poudre,*
- *1/2 cuil. à café de sel,*
- *80 g de beurre,*
- *1 œuf,*
- *sucre glace (facultatif).*

Pour la cuisson :
- *1 moule à kouglof de 20 cm ou un moule à savarin.*

- Lavez les raisins à l'eau très chaude pour les amollir. Égouttez-les. Mettez-les à macérer dans le rhum.
- **Levain :** dans une grande terrine, délayez la levure fraîche avec 3/4 de tasse de lait tiède. Ajoutez-y 1/4 de la farine de façon à obtenir une pâte molle. Battez bien avec une cuiller en bois. Saupoudrez le reste de la farine, sans pétrir. Couvrez la terrine avec un torchon. Laissez reposer dans un endroit tiède, environ 1 h, jusqu'à ce que le levain soulève la farine. Mais la levure sèche, en sachet, s'ajoute, elle, telle quelle à la farine.
- Beurrez le moule. Appliquez les amandes au fond.
- Quand la pâte est gonflée, incorporez le sucre, sel,

le beurre malaxé en crème, l'œuf entier, le reste de lait, les raisins et le rhum de macération. Pétrissez vigoureusement avec la main plusieurs minutes. Battez la pâte en l'étirant en hauteur pour lui donner de l'élasticité. Versez-la dans le moule beurré : elle doit arriver à mi-hauteur seulement. Couvrez et remettez à lever, dans un endroit tiède (la pâte doit doubler de volume).

- Allumez le four (th. 6/7). Dès qu'il est chaud, glissez-y le moule à mi-hauteur. Faites cuire de 35 à 40 min. Laissez tiédir avant de démouler sur une grille. Vous pouvez saupoudrer le kouglof de sucre glace avant de le présenter.

Mon avis

Avec la levure sèche de boulanger, vendue en sachet, la préparation de ce gâteau est plus rapide. Elle est mélangée telle quelle avec tous les ingrédients (farine, œuf, sucre, etc.), et pétrie vigoureusement. Il suffit d'un seul temps de « pousse » de 1 h 30 à 2 h avant d'enfourner, soit 1 h de gagnée !

Mille-feuille à la crème

Facile - Raisonnable - Préparation et cuisson : 1 h

Pour 6 personnes :
• *400 g de pâte feuilletée, toute préparée (fraîche ou surgelée).*

Pour la crème pâtissière :
- *1/4 de litre de lait,*
- *1/2 sachet de sucre vanillé,*
- *1 pincée de sel,*
- *2 cuil. à soupe de sucre,*
- *2 jaunes d'œufs,*
- *1 cuil. à soupe de farine (20 g) ou de Maïzena (ou moitié-moitié),*
- *1/2 verre à liqueur d'alcool au choix.*

Pour le décor :
• *sucre glace.*

Raffinement : *Si vous préférez présenter des mille-feuilles individuels, plus élégants, découpez-les, après les avoir garnis de crème, sur une planche, à l'aide d'un couteau-scie.*
Mais procédez avec doigté : l'opération demande de la délicatesse et de la patience !

- S'il y a lieu, laissez dégeler la pâte feuilletée.
- **Crème pâtissière :** portez lentement à ébullition le lait avec le sucre vanillé et 1 pincée de sel. Pendant ce temps, dans une grande terrine, travaillez le sucre et les jaunes d'œufs au batteur électrique jusqu'à ce que le mélange devienne blanchâtre et un peu sirupeux.

Incorporez-y sans trop insister la farine ou la Maïzena, puis le lait bouillant sans cesser de mélanger. Reversez le tout dans la casserole où a bouilli le lait. Remettez la crème sur le feu. Remuez à la cuiller en bois rapidement et sans arrêt tout en laissant bouillir doucement 1 ou 2 min. En fin de cuisson, ajoutez l'alcool.
- Allumez le four (th. 7/8).
- Divisez et étalez la pâte feuilletée en 2 rectangles égaux de 2 mm d'épaisseur environ. Tranchez net les bords à l'aide d'un long couteau aiguisé. Disposez ces rectangles sur la plaque du four légèrement mouillée. Piquez toute la surface avec une fourchette. Faites-les cuire, côte à côte, à mi-hauteur du four très chaud (th. 7/8), de 15 à 20 min. Laissez refroidir.
- Retournez une des deux plaques de feuilletage pour laisser apparaître le côté non gonflé. Saupoudrez-le régulièrement et généreusement de sucre glace. Passez-le sous le gril du four, juste 1 min pour glacer le sucre. Déposez l'autre rectangle dans le plat à gâteau. Étalez la crème dessus. Recouvrez avec le feuilletage « glacé », en pressant légèrement pour le faire adhérer à la crème.

Moelleux au chocolat

---

*Facile - Raisonnable - Préparation et cuisson : 1 h 30 -
Réfrigération : 12 h*

Pour 4 à 6 personnes :
- *125 g de chocolat noir, amer de préférence,*
- *150 g de beurre,*
- *2 œufs,*
- *2 cuil. à soupe de liqueur,*
- *40 g de farine.*

Pour le sirop :
- *100 g de sucre.*

Pour la cuisson :
- *1 petit moule à charlotte ou à soufflé de 16 cm de diamètre.*

Remarque : *Ce gâteau devant rester moelleux à l'intérieur, il est indispensable de le faire cuire au bain-marie. Sa cuisson doit être faite à four moyen doux, car les températures trop élevées nuisent au goût du chocolat.*

- Cassez le chocolat en petits morceaux. Coupez 125 g de beurre en noisettes. Cassez les œufs en séparant les blancs des jaunes. Beurrez le moule.
- **Sirop :** versez 1/4 de verre d'eau et le sucre dans une casserole moyenne. Dès la franche ébullition, retirez la casserole du feu. Ajoutez-y le chocolat cassé en tournant avec une cuiller en bois, puis le beurre pour obtenir une crème lisse. Remettez au besoin au

bain-marie, sur feu doux, quelques instants seulement. Ajoutez la liqueur.
- Allumez le four (th. 4/5).
- Dans un saladier, mélangez la farine et les jaunes d'œufs à la cuiller en bois. Vous obtenez un mélange dur, difficile à travailler. Quand il est relativement homogène, incorporez le chocolat peu à peu en travaillant vigoureusement.
- Montez les blancs d'œufs en neige ferme. Amalgamez-les délicatement avec la préparation précédente. Versez dans le moule beurré. Faites cuire au bain-marie (plaque creuse du four garnie d'eau) à four doux (th. 4/5) de 1 h à 1 h 15. Laissez refroidir avant de démouler.
- Mettez au réfrigérateur 12 h au moins avant de consommer très froid.

Mon avis

À la cuisson, le gâteau monte bien, mais, en refroidissant, l'intérieur retombe sournoisement, masqué par une fine croûte restée en haut du moule. Vous ne vous en apercevrez qu'au démoulage. Ne vous affolez pas ! Ôtez délicatement cette croûte puis, après avoir passé la lame d'un couteau à l'intérieur du moule, posez une assiette dessus et retournez le tout. Vous pouvez le servir tel quel ou avec de la crème Chantilly, vanillée ou non. Ne sucrez pas celle-ci ou très peu. Elle compensera par sa légère acidité la saveur très sucrée de l'entremets.

Mousse au chocolat

Facile - Raisonnable - Préparation et cuisson : 15 min - Réfrigération : 2 à 3 h

Pour 6 personnes :
- *125 g de chocolat extra, noir ou amer (pas plus de 50 % de cacao),*
- *1 grosse noix de beurre,*
- *4 œufs ou 3 œufs entiers + 1 blanc,*
- *1 pincée de sel.*

Pour servir :
- *1 coupe ou 4 ramequins.*

Remarque : *Pour vous assurer que les blancs sont assez fermes, retournez le bol : ils ne doivent pas tomber !*

Congélation : *La mousse au chocolat peut être mise à congeler aussitôt faite. Conservez-la hermétiquement enveloppée. Il faudra penser à la transférer dans le réfrigérateur plusieurs heures avant le repas pour qu'elle décongèle doucement et retrouve son moelleux au moment d'être servie.*

- Dans une casserole, sur feu doux ou au bain-marie, faites fondre le chocolat en morceaux avec une noix de beurre. Retirez du feu. Cassez les œufs en séparant les blancs des jaunes. Versez les jaunes dans la casserole de chocolat, en mélangeant vigoureusement avec une cuiller en bois, afin de ne pas laisser cuire les jaunes.

- Ajoutez 1 pincée de sel aux blancs d'œufs et battez-les en neige très ferme.
- Mélangez d'abord un peu de blanc en neige avec le chocolat fondu, de façon à le rendre plus mou, un peu liquide même. Incorporez ensuite au chocolat fondu, dans le saladier, en deux ou trois fois, le reste des blancs. Mélangez avec la cuiller en bois, bien délicatement.
- Versez la mousse aussitôt terminée dans une grande coupe ou dans des ramequins individuels. Laissez reposer de 2 à 3 h au réfrigérateur.

Mon avis

Pour décorer la mousse, vous pouvez râper du chocolat dessus avec un couteau économe. Ou bien, saupoudrez-la de sucre glace à travers du papier dentelle ou une grille à pâtisserie pour obtenir très facilement un dessin décoratif.

Tarte sablée au coulis de framboises • Page 178

Biscuit roulé à la confiture • Page 138

Plus-que-parfait glacé au caramel • Page 165

Tuiles aux amandes • Page 183

LES DESSERTS

Pain d'épice

Très facile - Économique - Préparation et cuisson : 2 h

Pour 12 à 15 tranches :
- *200 g de miel,*
- *60 g de sucre,*
- *70 g de beurre,*
- *2 jaunes d'œufs,*
- *300 g de farine,*
- *1 sachet de levure chimique,*
- *1 pincée de sel,*
- *2 cuil. à soupe de pastis ou 1 cuil. à café de graines d'anis.*

Pour la cuisson :
- *1 moule à cake de 22 à 24 cm.*

Remarque : *Il est préférable d'utiliser un moule dont l'intérieur est revêtu d'antiadhésif. À défaut, garnissez-le d'aluminium (fond et pourtour) car cette pâte, très sucrée, colle facilement.*

- Faites fondre le miel avec le sucre, 2 cuillerées à soupe d'eau et 50 g de beurre dans une casserole, sans laisser bouillir.
- Délayez 2 jaunes d'œufs avec 2 cuillerées à soupe de ce miel chaud, puis hors du feu tout le contenu de la casserole. Battez vigoureusement à la cuiller en bois pour ne pas cuire les jaunes.
- Mettez la farine, la levure et 1 pincée de sel dans un saladier. Délayez peu à peu avec le mélange précédent et le pastis ou l'anis. Travaillez énergiquement le

tout 15 min au moins pour obtenir une pâte homogène très compacte.
- Allumez le four (th. 5/6).
- Beurrez le moule. Emplissez-le aux 2/3 avec la préparation. Faites cuire à four moyen (th. 5/6) de 1 h 15 à 1 h 30. À mi-cuisson, couvrez avec une feuille d'aluminium et baissez un peu la température du four.
- Démoulez et laissez refroidir sur une grille.
- Ce pain d'épice, enveloppé d'une feuille d'aluminium, se conserve une quinzaine de jours au réfrigérateur.

LES DESSERTS

Pavé de poires Malakoff

---

*Très facile - Cher - Préparation : 10 min -
Glaçage : 10 min - Réfrigération : 12 h*

Pour 6 à 8 personnes :
- *1 boîte de poires au sirop (4/4),*
- *150 g de beurre ramolli,*
- *150 g de sucre en poudre,*
- *100 g de poudre d'amandes,*
- *2 cuil. à soupe de kirsch ou d'alcool de poires (facultatif).*

Pour le glaçage au chocolat :
- *75 g de chocolat noir,*
- *50 g de sucre glace,*
- *25 g de beurre très mou,*
- *3 cuil. à soupe de sirop de poires.*

Pour la réalisation :
- *1 moule à cake de 24 cm ou 1 moule à soufflé moyen.*

- La veille, égouttez les poires à fond en gardant le sirop. Coupez-les en tranches assez minces.
- Faites chauffer légèrement un grand bol avant d'y mettre le beurre ramolli et le sucre. Travaillez au batteur électrique pour obtenir une crème lisse. Incorporez la poudre d'amandes et l'alcool (facultatif), puis, sans les briser, les tranches de poires.
- Humectez de sirop l'intérieur du moule à l'aide d'un pinceau ou d'un tampon. Versez-y le mélange. Tassez en tapant le moule sur la table. Mettez au réfrigérateur jusqu'au lendemain.

- Le jour même, trempez le fond du moule dans de l'eau chaude et sortez-le aussitôt (surtout s'il est en métal). Retournez-le sur le plat de présentation.
- **Glaçage au chocolat :** mettez le chocolat cassé en morceaux dans une casserole au bain-marie, sur feu moyen. Quand il est fondu, mélangez vivement à la cuiller en bois avec le sucre glace tamisé, puis avec le beurre coupé en petits dés. Retirez aussitôt du bain-marie. Incorporez 3 cuillerées à soupe de sirop de poires en tournant vigoureusement pour obtenir un glaçage lisse et brillant. Versez ce glaçage sur le pavé démoulé. Remettez au réfrigérateur jusqu'au moment de servir.

Mon avis

Ne faites surtout pas fondre le beurre pour aller plus vite, vous rateriez votre mélange, car le beurre fondu ne reprend alors pas sa consistance homogène, même si on le remet au réfrigérateur.

LES DESSERTS

Plus-que-parfait glacé au caramel

Facile - Raisonnable - Préparation : 15 min - Congélation : 2 h (ou compartiment à glaçons du réfrigérateur : 4 h)

Pour 4 personnes :
- *2 œufs,*
- *125 g de crème fraîche très froide,*
- *1 cuil. à soupe de lait très froid,*
- *3 cuil. à soupe de sucre en poudre,*
- *1 cuil. à soupe de caramel liquide tout préparé.*

Pour servir :
- *4 ramequins ou coupelles.*

- Cassez les œufs en séparant les blancs des jaunes.
- **Crème fouettée :** mélangez la crème et le lait très froids dans un saladier. Fouettez à vitesse moyenne jusqu'à obtenir une consistance mousseuse et ferme comme de la meringue. Transvasez dans un autre récipient. Mettez au frais.
- Mettez les jaunes d'œufs dans le saladier avec 2 cuillerées à soupe de sucre et le caramel. Travaillez au batteur électrique assez longuement pour obtenir un mélange blanchâtre retombant comme un ruban. Versez-le sur la crème fouettée sans mélanger. Remettez le tout au frais.
- Nettoyez bien les fouets du batteur ainsi que le saladier avant de battre les blancs en neige très ferme.

Ajoutez 1 cuillerée à soupe de sucre à mi-opération. Incorporez les blancs délicatement au mélange précédent, en imprimant à la spatule un mouvement tour à tour enveloppant et coupant, comme pour une mousse au chocolat. Versez, sans attendre, dans les ramequins ou coupelles.
- Faites glacer 2 h au congélateur ou 4 h dans le compartiment à glaçons. Servez sans démouler.

Mon avis

Si vous préparez le plus-que-parfait pour le lendemain (c'est bien utile quand on prévoit des invités), couvrez les ramequins d'une feuille d'aluminium pour éviter que leur parfum ne s'altère.

Poires Belle-Hélène

Très facile - Raisonnable - Préparation : 15 min

Pour 4 à 6 personnes :
- *1 boîte de poires au sirop,*
- *1/2 litre de glace à la vanille.*

Pour la sauce chocolat :
- *150 g de chocolat noir, extrafin,*
- *25 g de beurre mou,*
- *2 ou 3 cuil. à soupe de sirop de poires.*

Pour le décor :
- *violettes en sucre (facultatif).*

- Égouttez les poires. Conservez le sirop.
- **Sauce chocolat :** faites fondre au bain-marie le chocolat cassé en petits morceaux, sans y toucher. Quand il est ramolli, incorporez-y le beurre très mou, puis 2 ou 3 cuillerées à soupe de sirop de poires. Mélangez vigoureusement au fouet pour obtenir une crème lisse.
- Placez la glace dans un plat de service. Disposez les poires tout autour. Versez le chocolat chaud sur celles-ci et servez aussitôt.

Mon avis

La présentation en coupes individuelles des poires Belle-Hélène simplifie bien le service. Déposez 1 ou 2 violettes au sucre sur chacune pour les décorer.

Profiteroles au chocolat

Difficile - Raisonnable - Préparation et cuisson : 1 h

Pour environ 30 profiteroles :
Pour la pâte à choux :
- *1 cuil. à café de sucre en poudre,*
- *1/4 de cuil. à café de sel,*
- *100 g de beurre,*
- *125 g de farine (4 cuil. à soupe bombées),*
- *4 gros œufs.*

Pour la sauce au chocolat chaude :
- *50 g de chocolat noir extra,*
- *1/4 de cuil. à café de café soluble,*
- *30 g de beurre,*
- *250 à 300 g de lait condensé non sucré,*
- *3 cuil. à soupe de miel.*

- **Pâte à choux :** dans une casserole, faites chauffer 1/4 de litre d'eau avec le sucre, sel, 80 g de beurre coupé en morceaux. Dès que celui-ci est fondu, retirez la casserole du feu. Jetez-y la farine d'un seul coup. Mélangez vigoureusement à la spatule. Reportez sur le feu en travaillant avec une cuiller en bois jusqu'à ce que la pâte n'adhère plus ni à la cuiller ni à la casserole. Hors du feu, ajoutez les œufs, un à un, en battant toujours vigoureusement.
- Allumez le four (th. 5/6).
- Beurrez la plaque à pâtisserie. Déposez dessus des noisettes de pâte suffisamment espacées pour gonfler. Faites cuire à four moyen (th. 5/6) de 20 à 25 min.

Sortez les choux du four lorsqu'ils sont assez durs pour résister à la pression du doigt.

- **Sauce au chocolat chaude :** mettez à mijoter tous les ingrédients dans une petite casserole, sur feu très doux, de 4 à 6 min. Mélangez de temps en temps jusqu'à ce que la sauce soit onctueuse et suffisamment épaisse.

- Dressez les choux en pyramide dans une coupe. Arrosez avec la sauce au chocolat chaude et servez.

Le secret...
d'une pâte à choux réussie

Respecter scrupuleusement les proportions. Mesurez le volume des œufs dans un verre gradué. Il doit être égal à 1/4 de litre. Suivez les autres quantités indiquées pour ce volume d'œufs.

LES DESSERTS

Quatre-quarts

---

*Très facile - Bon marché -
Préparation et cuisson : 1 h 10*

Pour 4 personnes :
- *2 œufs,*
- *farine (poids égal à celui des œufs),*
- *sucre (poids égal à celui des œufs),*
- *beurre (poids égal à celui des œufs),*
- *1 cuil. à café rase de levure en poudre (facultatif),*
- *1 noix de beurre,*
- *1 pincée de sel.*

Pour la cuisson :
- *1 moule rond de 20 cm de diamètre.*

Remarques : *Les proportions du quatre-quarts sont faciles à retenir : l'œuf, la farine, le sucre et le beurre sont en quantités égales.*
Le gâteau se démoulera très facilement si, au fond du moule, vous mettez une rondelle de papier d'aluminium ou sulfurisé, avant d'y verser la pâte.

- Allumez le four (th. 5/6).
- Dans une terrine, travaillez ensemble la farine, le sucre, le beurre juste fondu, les œufs entiers, la levure en poudre (facultatif), 1 pincée de sel, jusqu'à ce que la pâte soit bien lisse.

- Beurrez le moule. Versez-y la pâte. Faites cuire à feu moyen (th. 5/6) 45 min environ.
- Démoulez le gâteau sur une grille lorsqu'il est encore très chaud. Servez-le bien refroidi, tel quel ou avec de la confiture.

Mon avis

On peut parfumer le quatre-quarts avec du rhum, de la liqueur d'orange ou de la vanille. Pour ma part, j'ai un faible pour le zeste de citron ou d'orange que je râpe au-dessus de ma pâte avant de verser celle-ci dans le moule.

Riz au lait

*Très facile - Raisonnable -
Préparation et cuisson : 50 min*

Pour 4 à 6 personnes :
- *200 g de riz (rond de préférence),*
- *3/4 de litre de lait,*
- *cannelle ou vanille,*
- *1 pincée de sel,*
- *150 g de sucre,*
- *2 jaunes d'œufs,*
- *beurre ou crème fraîche.*

Remarques : *La très courte précuisson du riz au lait a pour but de le débarrasser de son empois. Il absorbera ainsi mieux le lait et sera plus moelleux. Ne sucrez le riz qu'en fin de cuisson. Si vous sucrez au début, le lait deviendra en bouillant sirupeux et difficile à absorber par le riz qui restera dur, même après une cuisson prolongée. Toutefois, le lait risquera moins d'attacher au fond de la casserole si vous le sucrez très légèrement en le mettant sur le feu (1 cuillerée à café suffit).*

- Lavez le riz à grande eau. Mettez-le à bouillir 3 min dans une grande casserole d'eau. Égouttez.
- Mettez le lait sur le feu avec la cannelle ou la vanille (facultatif) et 1 pincée de sel. Dès qu'il bout, jetez-y le riz égoutté. Couvrez à demi et laissez cuire de 30 à 35 min, sur feu très doux, jusqu'à absorption presque complète du lait.
- Incorporez alors délicatement le sucre avec une fourchette pour ne pas briser les grains. Remettez sur feu doux de 5 à 10 min. Puis, hors du feu, incorpo-

rez 2 jaunes d'œufs ainsi qu'un peu de beurre ou de crème fraîche (ne remettez plus sur le feu). Laissez tiédir ou refroidir avant de déguster.

Raffinement : *Le riz au lait peut être servi tel quel, accompagné d'une simple compote de pommes ou de confiture. Mais il fera un dessert plus recherché avec une crème au chocolat, une crème anglaise ou un coulis de fruits frais.*

Mon avis

Le riz rond, très moelleux une fois cuit, est souvent conseillé pour les entremets. Tandis que le riz long, restant plus ferme, conviendrait mieux pour les plats salés, risotto et autres. Mais chaque maîtresse de maison fait à son goût... et selon le riz qui est dans son placard ! Ce qu'elle doit savoir, c'est que le riz rond cuit plus vite que le riz long.

Soufflé au chocolat

*Facile - Raisonnable -
Préparation et cuisson : 40 min*

Pour 2 ou 3 personnes :
- *100 g de chocolat noir extra,*
- *3 cuil. à soupe bombées de sucre en poudre,*
- *3 cuil. à soupe de lait,*
- *2 œufs entiers + 1 blanc,*
- *beurre.*

Pour la cuisson :
- *1 moule à soufflé de 16 cm de diamètre ou 3 ramequins de 10 cm de diamètre.*

- Allumez le four (th. 5/6). Beurrez le moule ou les ramequins. Saupoudrez légèrement l'intérieur de sucre.
- Cassez le chocolat en dés dans une petite casserole et placez celle-ci dans un bain-marie. Quand le chocolat est ramolli à cœur, ajoutez 1 cuillerée à soupe de sucre puis le lait, en mélangeant vigoureusement avec une cuiller en bois pour obtenir une crème lisse. Retirez du feu. Laissez tiédir.
- Incorporez les 2 jaunes d'œufs au chocolat tiédi. Battez 3 blancs d'œufs en neige. À mi-opération, saupoudrez-les de 1 cuillerée à soupe de sucre. Quand ils sont très fermes et brillants, incorporez-les au chocolat en les travaillant, suffisamment mais délicatement, pour obtenir une mousse homogène.
- Versez aussitôt cette préparation dans le moule et

mettez à four moyen (th. 5/6). Comptez de 20 à 25 min de cuisson pour le moule à soufflé, ou 15 min pour les petits ramequins.

Mon avis

Vous pouvez faire cette préparation juste avant le repas, la verser aussitôt dans le moule et garder au réfrigérateur pour n'y plus toucher jusqu'au moment de la cuisson : 30 min avant de le servir, glissez le soufflé dans le four, déjà chaud bien entendu.

LES DESSERTS

Tarte au citron meringuée

Facile - Raisonnable - Préparation et cuisson : 1 h 15

Pour 4 à 6 personnes :
Pour la pâte brisée à l'œuf :
- *200 g de farine,*
- *150 g de beurre mou,*
- *1 œuf entier,*
- *1/2 cuil. à café de sel.*

Pour la crème au citron :
- *4 cuil. à soupe de sucre en poudre,*
- *80 g de beurre très mou,*
- *2 œufs,*
- *2 citrons non traités ou 1/2 pot de lemon curd.*

Pour la meringue :
- *3 blancs d'œufs,*
- *3 cuil. à soupe de sucre,*
- *2 pincées de sel.*

Pour la cuisson :
- *1 tourtière de 24 cm de diamètre, à fond amovible.*

Remarques : *Si la pâte s'agglomère difficilement, aspergez-la de 1 cuillerée à soupe d'eau, en travaillant toujours très rapidement. La meringue étalée ne doit laisser apparaître aucun trou. Elle doit adhérer parfaitement à la croûte, tout autour, sinon elle rétrécira à la cuisson.*

- **Pâte brisée à l'œuf :** mélangez la farine, sel, le beurre coupé en morceaux, en pressant et frottant les paumes des mains l'une contre l'autre pour obtenir une pâte granuleuse. Ajoutez l'œuf. Pétrissez vivement et mettez en boule. Écrasez avec la paume de la main, remettez en boule. Faites cela trois fois. Étalez la pâte finement. Mettez-la dans la tourtière. Piquez abondamment le fond avec une fourchette.

- Allumez le four (th. 6/7).
- **Crème au citron :** battez au fouet électrique le sucre et le beurre très mou jusqu'à ce que le mélange soit blanc et mousseux. Ajoutez-y ensuite les œufs entiers et le zeste râpé des citrons préalablement lavés à l'eau froide (ou le lemon curd). Fouettez quelques secondes. Étalez sur le fond de tarte cru. Glissez dans le four chaud (th. 6/7).
- **Meringue :** montez 3 blancs d'œufs en neige avec le fouet parfaitement propre (sinon les blancs ne monteraient pas bien). Incorporez 1 cuillerée à soupe de sucre dès qu'ils moussent, puis, quand ils sont très fermes, ajoutez le reste du sucre en deux ou trois fois. Battez-les encore jusqu'à ce qu'ils soient brillants. Recouvrez-en la tarte cuite entièrement. Remettez au four 10 min pour dorer la meringue.
- Démoulez la tarte au sortir du four. Présentez-la tiède ou froide.

Mon avis

La crème au citron peut être achetée en pot sous le nom de lemon curd. C'est une spécialité anglaise que l'on trouve facilement dans les grandes surfaces et dans la plupart des bonnes épiceries, au rayon des confitures. Toutefois, goûtez-la pour vous assurer que sa saveur un peu particulière vous convient.

LES DESSERTS

Tarte sablée au coulis de framboises

---

*Difficile - Raisonnable - Préparation et cuisson : 1 h -
Repos de la pâte : 1 h - Réfrigération : 1 à 2 h*

Pour 4 personnes :
Pour la pâte sablée :
- *2 jaunes d'œufs,*
- *2 pincées de sel,*
- *75 g de sucre en poudre,*
- *150 g de farine,*
- *75 g de beurre mou.*

Pour la chantilly à la framboise :
- *250 g de crème fraîche liquide,*
- *200 g de framboises,*
- *1 citron (jus),*
- *125 g de sucre en poudre.*

Pour la garniture finale :
- *400 g de framboises fermes,*
- *1/2 pot de marmelade de framboises,*
- *2 cuil. à soupe de kirsch.*

Pour la cuisson :
- *1 tourtière de 20 à 22 cm de diamètre, à fond amovible.*

Organisation : *Vous pouvez préparer en partie la tarte la veille. Le fond de tarte devra alors être cuit « à blanc », sans garniture. Le coulis peut, lui aussi, attendre jusqu'au lendemain, dans le réfrigérateur.*

- **Pâte sablée :** travaillez les jaunes d'œufs avec le sel et le sucre, puis avec la farine. Incorporez le beurre

rapidement pour obtenir une pâte sableuse. Mettez en boule. Laissez reposer 1 h au froid.
- Allumez le four (th. 5/6). Étalez la pâte au rouleau sur 1/2 cm environ d'épaisseur, sur une planche farinée. Mettez-la dans la tourtière. Piquez le fond avec une fourchette. Froissez une feuille d'aluminium à l'intérieur pour maintenir les bords. Faites cuire à four moyen (th. 5/6) 20 min environ, jusqu'à ce que la tarte ait une coloration blond clair (ôtez l'aluminium à mi-cuisson). Démoulez la tarte refroidie dans un grand plat à tarte pour ne pas risquer de la briser car elle est très fragile.
- **Chantilly à la framboise :** mixez 200 g de framboises, le jus du citron et 125 g de sucre. Au besoin, passez au tamis fin pour éliminer les pépins. Fouettez la crème fraîche très froide assez lentement pour commencer, puis plus rapidement jusqu'à ce qu'elle mousse et tienne aux branches du fouet. Incorporez alors, très délicatement, la purée de framboises.
- Étalez sur le fond de tarte froid. Disposez dessus les framboises côte à côte. Mettez au réfrigérateur de 1 à 2 h.
- **Coulis de framboise :** délayez sur feu doux la marmelade de framboises et le kirsch. Versez avec précaution sur les framboises pour ne pas les déplacer. Remettez au réfrigérateur jusqu'au moment de servir.

LES DESSERTS

Tarte Tatin

Facile - Raisonnable - Préparation et cuisson : 45 min

Pour 4 personnes :
- *300 g de pâte brisée ou feuilletée, déjà préparée,*
- *4 cuil. à soupe de sucre,*
- *50 g de beurre,*
- *7 pommes moyennes,*
- *crème fraîche.*

Pour la cuisson :
- *1 moule profond (à soufflé ou à manqué) de 20 cm de diamètre.*

Remarque : *Utilisez, pour la tarte Tatin, des pommes qui restent assez fermes après cuisson. Les pommes calville sont idéales mais si rares qu'on les remplace presque toujours par des golden pas trop mûres. Si vous les trouvez insuffisamment cuites après caramélisation, mettez-les 5 min à four chaud pour les attendrir davantage avant de les couvrir de pâte.*

Organisation : *La tarte Tatin peut être préparée plusieurs heures à l'avance, presque entièrement. Vous n'aurez plus qu'à glisser le moule au four avant le repas.*

- Mettez la pâte à dégeler s'il le faut.
- Étalez le sucre dans le fond du moule. Parsemez dessus le beurre coupé en noisettes.
- Pelez les pommes entières. Coupez-les en deux pour en ôter cœur et pépins. Disposez-les dans le moule en les reformant, debout et bien serrées.

- Déposez le moule sur feu doux, en interposant au besoin un diffuseur de chaleur entre la flamme et le moule. Quand le beurre est fondu, passez à feu moyen. Le caramel se forme et bouillonne. Appuyez délicatement sur les pommes avec une cuiller pour les aplatir légèrement au fur et à mesure de leur cuisson. Surveillez pour que le caramel ne noircisse pas. Au bout de 20 min environ, le jus caramélisé a augmenté, cuisant les pommes qui deviennent dorées et luisantes. Retirez du feu. Laissez tiédir ou refroidir.
- Étalez la pâte en un cercle de 2 mm d'épaisseur, un peu plus large que le moule. Posez-la directement sur les pommes en la faisant rentrer à l'intérieur entre les fruits et le moule. Mettez au réfrigérateur jusqu'au moment de la cuisson.
- 15 min avant le repas, allumez le four (th. 7/8). Quand il est très chaud, glissez-y le moule à mi-hauteur et faites cuire 15 min environ.
- Retournez la tarte dans un plat au sortir du four. Tenez-la au chaud pour la présenter tiède avec une coupelle de crème fraîche.

Tartelettes aux fruits

*Très facile - Raisonnable -
Préparation et cuisson : 25 min*

Pour 10 fonds de tartelette :
Pour la crème pâtissière :
- 1/4 de litre de lait,
- 1 pincée de sel,
- 2 cuil. à soupe de sucre,
- 1/2 sachet de sucre vanillé,
- 2 jaunes d'œufs,
- 1 cuil. à café bombée de farine ou de Maïzena.

Pour la garniture :
- quelques fruits (ananas, bananes, cerises) frais ou au sirop,
- fruits confits variés.

- **Crème pâtissière :** mettez le lait à bouillir avec 1 pincée de sel. Mélangez au batteur électrique le sucre, le sucre vanillé et les jaunes d'œufs dans un saladier, jusqu'à ce que le mélange blanchisse. Incorporez-y peu à peu la farine ou la Maïzena, puis le lait bouillant. Reversez dans la casserole. Laissez cuire doucement sans cesser de remuer à la spatule jusqu'à ce que la crème épaississe. Laissez bouillir quelques instants. Retirez du feu et laissez refroidir.
- Avant le repas, déposez 1 cuillerée à soupe de crème pâtissière froide dans chaque fond de tartelette. Puis garnissez selon votre goût et vos possibilités.

Tuiles aux amandes

*Très facile - Économique -
Préparation et cuisson : 30 min*

Pour 25 tuiles environ :
- *40 g de beurre,*
- *2 blancs d'œufs,*
- *3 cuil. à soupe très pleines de sucre,*
- *1 pincée de sel,*
- *1 cuil. à soupe très pleine de farine,*
- *30 g d'amandes effilées.*

- Allumez le four (th. 4/5). Beurrez la plaque à pâtisserie.
- Dans une terrine, mélangez avec une cuiller en bois les blancs d'œufs non battus, le sucre, 1 pincée de sel, la farine, les amandes effilées et 25 g de beurre juste fondu.
- Sur la plaque beurrée, déposez des demi-cuillerées à café de pâte. Espacez-les de deux doigts, car elles s'étalent en très fines galettes.
- Mettez à four moyen (th. 4/5) et laissez cuire de 8 à 10 min. Quand les galettes sont dorées au bord et encore blanchâtres au centre, sortez-les du four. Décollez-les aussitôt avec un grand couteau et, sans attendre, déposez-les sur un rouleau à pâtisserie. Elles prendront ainsi la forme d'une tuile en tiédissant.
- Laissez refroidir et durcir sur une grille.

Mon avis

L'épaisseur de la pâte dépend, dans une certaine mesure, de la grosseur des blancs d'œufs et de la variété de la farine. Si la pâte est relativement consistante, on obtient de bonnes tuiles peu cassantes. En revanche, si elle est très coulante, les tuiles seront encore meilleures, puisque plus minces, mais beaucoup plus fragiles. À vous de choisir.

LES DESSERTS

Tutti frutti

Très facile - Raisonnable - Préparation : 20 min

Pour 8 personnes :
- *1 génoise (voir p. 151).*

Pour la garniture :
- *180 g de fruits confits hachés (1 boîte) + quelques cerises confites,*
- *1 verre à apéritif de rhum,*
- *1 pot de marmelade d'abricots,*
- *1 tasse d'amandes effilées ou hachées.*

Pour le sirop à entremets :
- *150 g de sucre,*
- *2 ou 3 cuil. à soupe de rhum.*

Solution express : *Faire une génoise n'a rien de difficile, mais la préparation de ce tutti frutti deviendra un jeu d'enfant si vous utilisez une génoise toute préparée, de 22 à 24 cm de diamètre.*

- Mettez les fruits confits hachés à macérer dans 2 cuillerées à soupe de rhum.
- Pendant ce temps, faites bouillir doucement la marmelade avec 1 verre à liqueur de rhum. Mélangez au fouet. Quand la sauce est devenue épaisse et luisante, retirez-la du feu.
- Sirop à entremets : faites chauffer doucement 1 verre d'eau (15 cl) et le sucre. Mélangez pour faire

fondre. Retirez du feu dès la forte ébullition. Ajoutez l'alcool. Laissez tiédir.
- Posez la génoise à plat sur une planche et découpez-la en 2 ou 3 tranches, dans l'épaisseur. Mettez les tranches côte à côte. Arrosez-les avec le sirop à entremets. Badigeonnez-les d'une légère couche de marmelade tiède. Étalez la moitié des fruits confits sur la tranche de base. Recouvrez avec la deuxième tranche de génoise, le reste des fruits, puis le couvercle de la génoise.
- Le gâteau étant ainsi reformé, enduisez-le généreusement de marmelade, dessus et sur le pourtour. Collez les amandes sur l'épaisseur du gâteau à l'aide du plat d'un couteau et disposez quelques cerises confites sur le dessus.

Mon avis
Pour étaler finement et régulièrement de la marmelade sur un gâteau, utilisez un pinceau plat, spécial pour pâtisserie. Vous obtiendrez un résultat meilleur qu'avec une lame de couteau.

INDEX DES RECETTES

A
Asperges milanaise 10
Aubergines farcies 12
Aubergines sautées
persillade 58

B
Bavarois aux fraises . .136
Beignets de courgette . .12
Biscuit roulé
à la confiture 138
Blanquette à l'ancienne 59
Bourguignon 61
Bûche de Noël
meringuée 140

C
Cabillaud meunière . . .63
Canard braisé à l'orange64
Carottes à la crème . . .66
Carré d'agneau
persillade 67
Cassoulet sans façon . .69
Cèpes (ou bolets)
bordelaise 71
Choucroute 73
Clafoutis aux cerises .142

Cocktail de crevettes
aux kiwis 14
Coq au chambertin . . .75
Coques d'avocat 16
Coquilles Saint-Jacques
à la provençale 17
Côte de bœuf
à l'échalote 77
Courgettes
à la lyonnaise 79
Croustade de volaille . .19

D
Dolmas (petits choux
farcis) 80
Dorade au citron 81

E
Émincé au curry 82
Escalopes à la normande 84

F
Far breton 144
Filet de bœuf
sauce madère 85

G
Galette des rois 146
Gâteau caramélisé
aux abricots 149
Génoise 151
Gigot boulangère 87
Gigot de mer
à la provençale 88
Gratin dauphinois 90

H
Harengs et pommes
de terre tièdes 21
Homard à l'américaine 23

K
Kouglof 153

L
Langoustines au naturel 25
Lapin à la moutarde
(sauté) 92
Lasagnes « al forno » . .26

M
Merlans à la biarrote . .94
Mille-feuille à la crème 155
Moelleux au chocolat 157
Morue à l'occitane . . .96
Moules marinière 28
Mousse au chocolat . .159

O
Œufs à la niçoise 29
Oie farcie aux marrons 98
Osso-buco 100

P
Pain d'épice 161
Pamplemousse au crabe 30
Pâté de campagne 32
Paupiettes de poisson
à la crème 102
Pavé de poires
Malakoff 163
Petit salé aux lentilles .104
Plus-que-parfait glacé
au caramel 165
Poires Belle-Hélène . .167
Porc farci aux pruneaux
suédoise 106
Pot-au-feu 126
Potée campagnarde
champenoise 109
Poule au pot 110
Poulet à l'indienne . .112
Poulet basquaise 114
Profiteroles au chocolat 168

Q
Quatre-quarts 170
Quiche lorraine 34

INDEX DES RECETTES

R
Raie grenobloise 116
Ratatouille niçoise . . .117
Riz au lait 172
Rôti de porc braisé . .118
Rougets à la provençale 119
Roussette au court-bouillon,
sauce aux câpres 121

S
Salade de coquillettes . .36
Salade de lentilles
à ma façon 37
Salade de pleurotes et
de gésiers confits 39
Salade de pommes
de terre alsacienne 41
Salade de riz aux fruits
de mer 42
Salade niçoise 44
Saumon frais grillé . .123
Sauté de veau
à la mentonnaise 125
Sauté de veau Marengo127

Soufflé au chocolat . .174
Soufflé au fromage . . .46
Soupe de poisson
provençale 48
Steak flambé au poivre129

T
Taboulé 50
Tarte au citron
meringuée 176
Tarte sablée au coulis
de framboises 178
Tarte Tatin 180
Tartelettes aux fruits .182
Terrine de lapin
paysanne (avec os) 51
Thon bonne femme .130
Tomates farcies bonne
femme 53
Tournedos Rossini . .132
Truites à la ciboulette .55
Truites meunière 134
Tuiles aux amandes . .210
Tutti frutti 185

TABLE DES RECETTES

Entrées

Asperges milanaise 10
Aubergines farcies 11
Beignets de courgette . . 12
Cocktail de crevettes
aux kiwis 14
Coques d'avocat 16
Coquilles Saint-Jacques
à la provençale 17
Croustade de volaille . . 19
Harengs et pommes
de terre tièdes 21
Homard à l'américaine 23
Langoustines au naturel 25
Lasagnes « al forno » . . 26
Moules marinière 28
Œufs à la niçoise 29
Pamplemousse au crabe 30
Pâté de campagne 32
Quiche lorraine 34
Salade de coquillettes . . 36
Salade de lentilles
à ma façon 37
Salade de pleurotes
et de gésiers confits . . . 39
Salade de pommes
de terre alsacienne 41
Salade de riz aux fruits
de mer 42
Salade niçoise 44
Soufflé au fromage . . . 46
Soupe de poisson
provençale 48
Taboulé 50
Terrine de lapin
paysanne (avec os) 51
Tomates farcies
bonne femme 53
Truites à la ciboulette . 55

Plats

Aubergines sautées
persillade 58
Blanquette à l'ancienne 59
Bourguignon 61
Cabillaud meunière . . . 63
Canard braisé à l'orange 64
Carottes à la crème . . . 66
Carré d'agneau
persillade 67
Cassoulet sans façon . . 69
Cèpes (ou bolets)
bordelaise 71
Choucroute 73
Coq au chambertin . . 75

Côte de bœuf
à l'échalote 77
Courgettes à la lyonnaise 79
Dolmas (petits choux
farcis) 80
Dorade au citron 81
Émincé au curry 82
Escalopes à la normande 84
Filet de bœuf sauce
madère 85
Gigot boulangère 87
Gigot de mer
à la provençale 88
Gratin dauphinois 90
Lapin à la moutarde
(sauté) 92
Merlans à la biarrote . .94
Morue à l'occitane . . .96
Oie farcie aux marrons 98
Osso-buco 100
Paupiettes de poisson
à la crème 102
Petit salé aux lentilles .104
Porc farci aux pruneaux
suédoise 106
Pot-au-feu 107
Potée campagnarde
champenoise 109
Poule au pot 110
Poulet à l'indienne . .112
Poulet basquaise 114
Raie grenobloise 116

Ratatouille niçoise . . .117
Rôti de porc braisé . .118
Rougets à la provençale 119
Roussette au court-bouillon,
sauce aux câpres 121
Saumon frais grillé . .123
Sauté de veau
à la mentonnaise 125
Sauté de veau Marengo 127
Steak flambé au poivre 129
Thon bonne femme .130
Tournedos Rossini . .132
Truites meunière 134

Desserts
Bavarois aux fraises . .136
Biscuit roulé
à la confiture 138
Bûche de Noël
meringuée 140
Clafoutis aux cerises .142
Far breton 144
Galette des rois 146
Gâteau caramélisé
aux abricots 149
Génoise 151
Kouglof 153
Mille-feuille à la crème 155
Moelleux au chocolat 157
Mousse au chocolat . .159
Pain d'épice 161

TABLE DES RECETTES

Pavé de poires Malakoff 163
Plus-que-parfait glacé au caramel 165
Poires Belle-Hélène .. 167
Profiteroles au chocolat 168
Quatre-quarts 170
Riz au lait 172
Soufflé au chocolat .. 174
Tarte au citron meringuée 176
Tarte sablée au coulis de framboises 178
Tarte Tatin 180
Tartelettes aux fruits . 182
Tuiles aux amandes .. 183
Tutti frutti 185

3921

IMPRIMÉ EN FRANCE PAR BRODARD ET TAUPIN
21103 - La Flèche (Sarthe), le 30-10-2003.

pour le compte des
Nouvelles Éditions Marabout
D.L. n° 40744 - novembre 2003
ISBN : 2-501-03714-6
40-3391-6/03